波乱万丈、どぎゃん苦にも負けんばい

阿南攻

幻冬舎MC

はじめに

令和二（二〇二〇）年、私は八十三歳を迎える。振り返ればその半分近く、三十数年間を経営者として生きてきたことになる。自分で選んだ道ではあるけれど、それはとても厳しいものであった。会社は経営者一人のものではない。従業員やその家族の暮らしまでも支えなければならない、重い責任を背負った存在である。経営がうまくいっているときはいいが、良いときばかりとは限らない。むしろ今の日本の社会では、厳しいときがずっと続いているという経営者の方も多いだろう。私もまたそうであった。

最初に興した会社が破産に追い込まれたとき、私は家族にも、従業員にも、取引先にも合わせる顔がなくなり、故郷・熊本を離れて福岡へと逃げ出した。そして、本当に死のうかと思ったのである。

だが、そこで踏みとどまったとき、人生は別の方向へと転がり出した。「人生、山あり谷あり」とはよく言うが、谷の底に立たされると、もう自分はここから抜け出せないのではないかと思ってしまう。だから絶望にさいなまれる。それはよくわかる。

だがやはり谷も前に進めば、きっと上り坂があって、そこを懸命に上れば、前よりはきっといいことがある。それを信じて生き続けることが大事なのだと思う。

それが私のこれまでの経営者としての経験であり、今、あるいはこれからさまざまな苦難に巡り合うかもしれない経営者や、また一般の人々にも伝えたいことである。だからこそ本を書こうと決意した。

この本の前半で触れるのは、台湾で終戦を迎えてその後日本に戻り、日本経済が復興していく時代と共に歩んできた一労働者としての私であり、また同世代の多くの仲間たちの若き日の姿でもある。後半は、故郷の熊本に戻り、営業マンとして仕事を転々としながらも、ついに夢を叶えて会社を興し、挫折と再生を繰り返しながら、築き上げてきたこれまでの人生について正直につづった。最後には、私たち人の力ではどうしようもない自然災害、熊本大地震に際しての出来事も書き加えた。

何年人生を重ねても、選び取れるものもあれば、選び取れないものもある。だからこそ、自分らしく懸命に生きることに価値がある。この本を通じて、そんな思いを感じてくれれば幸いである。

目次

第一章

貧しき時代を生き延びて

――終戦、そして戦後へ

台湾に生まれ八歳で日本へ

台湾生まれのお坊ちゃん

昭和十二（一九三七）年七月二十日、私は台湾の台中市で生まれた。

この年は日本にとって、その後の歴史を振り返れば、大きな転換期となった年であった。私が生まれる直前の七月七日に中国で盧溝橋事件が起こり、これが引き金となって日中戦争が勃発している。さらに第二次世界大戦へとつながり、まさに世界と日本が大きく変容し、戦争という荒波に飲み込まれようとしている時代に、私は日本の統治下にあった台湾で、日本人夫婦の長男として、その人生の一歩を踏み出したのだった。

両親は九州の出身である。父の故郷は大分県直入郡菅生村（現・竹田市）で、若い頃から自由奔放な気質だったらしく、阿蘇農業高校を卒業後に、夢を抱いて台湾へ渡ったと聞いている。台湾には父を頼って渡ってきた父の弟と妹もおり、おじは台湾総督府に勤務し、おばも台湾にあった日赤病院で看護婦として働いていた。

母は熊本県八代市で、かなり大きな農家の三人姉妹の長女として生まれたが、どんな事情があったかはわからないが、やはり家を飛び出して、台湾に渡り、父と知り合い結婚したのだという。

私の生誕に関しては諸々の事情があるのだが、生まれたばかりの私がそれを知る由もない。また、周りの家族たちも長くその事実をひた隠しにしていた。物心がついたときには、私には父と母がおり、台湾に住む日本人家族の長男として健やかに育っていった。当時はそれがすべてだった。この事情については、後で書きつづりたいと思う。

日中戦争から第二次世界大戦へと拡大していく時代の中で、当時の台湾で日本の人々はどんな暮らしをしていたのだろうか。残念ながら私の記憶には多くのものは残されていない。ただ、切迫した戦争の危機というものを感じたことはほとんどなく、穏やかな暮らしぶりだけが蘇ってくる。

かろうじていくつかある思い出は、もう小学校に上がった六歳以降のことだろうか。

私の幼少期、父は、日本が管轄する台湾総督府によって奨励されていた糖業の事業に携わっていた。製糖の主力企業として設立された台湾製糖の下請け会社を経営しており、地元の人々を百六十名以上も従業員として雇うほどの規模のものだったようだ。

後に知ったことだが、この時代、台湾は日本の資源供給基地としての役割を担い、さまざまな産業が活気を見せていた。父のように多くの日本人が成功を夢見て台湾に渡り、いろいろな事業を興していた。日本人であるということだけで恵まれ、日本国内の日本人よりも豊かな暮らしをしていたのだと思う。

父もそれなりの規模の会社の経営に携わっていたから、今思えば当時としては大変恵まれた暮らしぶりであった。

私たち家族は、日本人だけが暮らせると定められていた町で、大きな一戸建ての家に住んでいた。庭にはパパイヤの木が何本も生えており、手を伸ばせば果実がいくらでも手に入る。おやつ代わりにほおばって食べるのが楽しみだった。

小学校も日本人のみが通う学校で、日本人の先生から日本語で教育を受けた。

立派なプールがあったこともよく覚えている。なぜならあるとき、クラスの友だちとプールに入って遊んでいて、足が滑って仰向けに転んでしまったことがあるからだ。それほど深い水ではなかったが、慌てた私がバタバタともがいていると、女の先生が洋服のままプールに飛び込み、私をすくい上げてくれたのだ。その懸命さが嬉しく、今も鮮明な記憶として残っている。

小学校の校庭にはゴムの木がずらりと並んで植えられていて、いたずら好きな少年だった私は、よく木肌を小刀で削っていた。にじみ出てくる樹液が面白く、クラスの女の子と一緒に、何度も繰り返し遊んだものだった。

たぶん、そのときに大好きだった女の子が、私の初恋の子だと思う。でもその後、終戦を機に日本人の家族たちはそれぞれに、互いに別れも告げずに慌ただしく日本に帰ってしまったから、彼女が無事に日本に戻れたのか、どこで暮らしているのかもまったくわからない。ただ一時の出会い、そしていつのまにか私たちは離れ離れになっていた。台湾時代に一緒だったクラスメートは、誰一人その後を知らない。

あの頃、私は小学校に通うにも、雨が降っていると家に人力車を呼んで、学校まで乗せて送ってもらっていた。今考えればずいぶんなお坊ちゃんぶりである。

ゆったりと流れる時間の中で、なんの苦労も不安もなく過ごしたこの頃、これから訪れる敗戦、戦後の苦難の日々など想像もできず、ただただ豊かな幼少期であったのだ。

台風の中を船で日本へ

戦争に関わる記憶といえば、家の庭に大きな防空壕があったことだろうか。何かあれば、ここに駆け込んで避難することを教えられたが、一度も利用することはなかった。

父は一度は兵隊に取られたものの、数か月ほどですぐに戻ってきた。どんな身分の人かはわからないが、政府や軍との付き合いもあったようで、よく自宅でビリヤードや花札などを一緒にしていた。いわゆる接待であったのだろう。また製糖の仕事をしていたので、そちらに専念するようにと免除されたのかもしれない。

だが父の弟は戦場に出て、それから半年ほどで亡くなったと聞いた。

戦争の終わりをどのように知ったのか、八歳だった私に、その当時の記憶はあまりない。とにかく突然だったことだけは覚えている。ある日、日本が戦争に負けた、日本に引き揚げると言われて、慌ただしく準備をして、大好きだった家を離れた。

大きな屋敷、豊かな暮らしはすでに私たちの手にはない。父が買い集めた掛け軸、屛風、家具などはすべて一緒に仕事をしていた台湾の人々に譲ってしまった。父の悔しさはどれほどであっただろう。私たちに許されたのは、一人現金千円と、わずかな着替えをまとめた手荷物一つだけだった。

こうして昭和二十（一九四五）年十月、私たち家族は台湾のキールン港からアメリカの大きな貨物船に乗って、日本へと向かったのだった。

私が六歳のときに妹が生まれていた。両親と私たちきょうだいの四人家族は、肩を寄せ合い、言われるがままに貨物船に乗り込んだ。大きな船底にはたくさんの人々がいて、誰もが不安そうな表情をしていた。

私も無事に日本に行けるのかと心配になり、父に尋ねた。

「どれくらいで日本に着くの？」

「二日か三日だ。すぐに着くさ」

誰もが、心は一路日本へと急《せ》いていただろう。だが運悪く、船は途中で台風に巻き込まれてしまった。大海原ではアメリカの貨物船もまるで木の葉だ。船は大きく揺らぎ、初めて船に乗った私と妹は、沈むのではないかという恐怖と船酔いに苦しめられながら、日本に着くことだけを祈った。

もうすぐ日本に着くという頃に、誰かが「日本に着けば赤飯が食べられる」と言い出した。船の中の人々から喜びの声が上がる。ほとんど食べ物を口にしていなかった私たちには、その言葉が大きな希望となった。

ようやく和歌山県近くにたどり着き、「ポンポン船」に乗り換えて田辺港に降りるまでに、一週間ほどかかったと思う。港に着くと、大陸からの引揚者を迎えるための多くの人々が集まっていた。引揚者を迎える役員のような人たちから、私たちは講堂のような場所に案内された。さあ赤飯だと胸躍らせていた私たちに、そこで出された待ちに待った食事は、ボソボソとしたコーリャン飯とタクワンが数切れ。すごくがっかりして、あまりにも悲しくて、空腹だったのにほとんど食べられなかったことをよく覚えている。

それから私たち家族は母の実家を頼って、汽車を乗り継ぎ熊本県八代に行った。

母の身内からは優しく迎えてもらうことができ、やっと日本に帰ってきたことを実感できたのだった。中でも母の三姉妹の一番下の妹が、私の姿を見てわんわんと泣くのを、なんて大げさなおばさんなのかと、子ども心にも不思議に思ったものだった。この理由は後に判明することになる。

大陸からの引揚者は、最初の頃は温かく受け入れられた。だが戦争に敗れたばかりの日本ではすべてのものが不足していて、誰もが自分の暮らしだけで精一杯だった。誰もが他人を思いやる余裕などはなかった。最初はお客さんのようにもてなされたものの、数か月もすれば、自分たちで生きていけ、というのが当然のこととなっていく。何もかもを捨てて日本に戻った私たちも、またゼロから生きていかなければならなかったのだ。

母の実家に間借りをし、家族四人が肩を寄せ合う、つつましい暮らしとなった。豊かだった台湾の暮らしから一変した。

しかし、このくらいはまだ序の口だった。この後、天国から地獄とはまさにこのことかと思うほどの生活が待ち受けていたのである。

母子三人の山中の脱出

私たちは母の実家を離れ、父の故郷である大分県の菅生村で暮らすことになった。だが戦後の混乱の中で、誰もが自分たちだけの力で生きねばならぬ時代であった。外地からの引揚者である私たちに頼るべきものはほとんどなかった。

食うに困って父がはじめたのが、闇タバコの行商だった。どこで仕入れたのか、タバコの葉っぱを刻み、リュックに詰めて、闇市などで売りさばく。これはずいぶん儲かったようで、かなりお金が稼げたようだ。父も上機嫌で、そろそろ家でも建てようか、という話になっていた。

ところがある日、闇タバコを売っている現場を押さえられ、父は警察に捕まってしまった。そして竹田の刑務所に入れられてしまったのだ。

父を刑務所から出すには、お金が必要だった。母は家を建てるために貯めていたお金をほとんどはたいて、父を刑務所から出した。再び私たちは貧しい家族となってしまった。

父は今度はツテを頼り、杉の木を切って皮をはぐ仕事を見つけてきた。はいだ皮は家を建てるときの屋根材として使われる。戦火により家を失った人も多かったため、家を新築する際の材料として、需要はかなりあったのだろう。父はもともと手先の器用な人であったから、それなりに適した仕事であったのかもしれない。杉の皮を丁寧にのして、取引先に納めるまでが仕事であったようだ。

しかし杉の木を切るのは山の中である。そこで私たち家族は大分県の南西部に位置する竹田の町からさらに奥深い山中に、掘っ建て小屋を建てて住むこととなる。田舎暮らしどころではない。山暮らしである。もちろん電気も通っていなければ水道もない。これが日本での暮らしかと、驚くほどの貧しさである。

私は毎日、小屋から百メートルほど離れたところにある川まで行き、水くみをする役割を与えられた。小学校へは自転車に乗っても片道一時間以上かかるような距離にあったため、当然のごとく、通うことができなかった。何度か父に連れられて竹田の町には行ったが、まだ十歳にも満たぬ子どもの足ではそれだけでクタクタである。

この頃からである。父が変わった。

台湾での豊かな暮らし、人を使って事業を営み、周りからもちやほやされていた時代があったからかもしれない。日本に戻ってきたものの、現実は予想以上に厳しかったのだろう。およそ文化的なものからは程遠い、社会の底辺を這うような暮らしは、父のプライドをズタズタにした。そして心に鬼が棲《す》みついた。

かつての優しかった父の姿はもうなかった。些細なことにもすぐに怒り、手が出た。

幼かった妹はともかく、標的となった私は、いつ父が怒り出し鉄拳が飛んでくるかと怯えながら、毎日を過ごさねばならなかったのだ。九州女の気丈な母は、それでも何かあれば父に意見した。すると母にも平手が飛ぶ。その暮らしは幼い私にとって、出口の見えない恐怖の世界だった。

あるとき父から、竹田の町の建材店まで行って、はいだ皮をくくるための材料を買ってくるように言われたことがあった。何度か父に連れられていった店だが、一人で行ってこいという。しかも金はない。ツケで買ってこいというのだ。

イヤだと言えば殴られる。父の言葉には従うしかなかった。

たぶん小屋を出たのは昼過ぎのことだったと思う。私は一人で山を下りていった。道らしき道もないような山の中を脇目も振らずにただひたすら歩き、二時間くらいかかっただろうか。やっと竹田の町までたどり着き、目的の建材店を見つけて店に入った。

事情を話すと、「よく一人で来たね」と言ってくれて、お金を持たぬ私に商品を渡してくれた。その優しさに涙が出そうになった。

だが、再び山奥にある家に戻らなければならない。秋から冬へと向かう季節だったと記憶している。山のふもとについたときにはすでに太陽が西に傾きはじめていた。どんどんと暗くなっていく空に怯えながら、今度は山道を上っていく。ついには周辺が真っ暗になって、足元も見えないような状態の中、不安と恐怖に襲われながらとにかく山道を上った。たまにゴソゴソッと森の中から動物の動くような音がする。そのたびに私は体をこわばらせ、震えながら急ぎ足になる。

やっと家族がいる小屋の影が目に入ったときには、どんなにほっとしたことだろうか。思わず駆け出し、小屋に飛び込むと、母が私を抱きしめてくれた。ずっと心配をしながら待っていてくれたのだ。父は何も言わず、横になっていた。安堵と悔しさで、私の心はいっぱいになった。

こうした暮らしを五か月ほどしていたであろうか、ついに母が決心した。

父が何かの用で竹田の町まで出かけて留守にした夜、母は私と妹を連れて家出を試みたのだ。深夜に叩き起こされた私たちは、身の回りの荷物だけを持って、真っ暗な山の中を下った。小さな妹の手を引き、私たち母子の脱走劇だ。人の気配に驚いたのか、ウサギかタヌキか、真っ黒な塊が慌てて私たちの前を横切っていった。

途中で雨が降り出し、私たちの体を濡らしていく。心細さが募り、ふと母の顔を見ると、険しい表情に母の決死の覚悟を知る。竹田の町にいるはずの父が追いかけてくるはずはなかったが、それでもいつ、どこで父に見つかるかもしれない。そんな恐怖を背中に感じながら、私たち三人は懸命に歩き続けた。

山を抜け、ようやく明け方になって村に入り、滝水駅に到着した。そこから六時過ぎに出た一番列車に乗って、私たちは再び母の実家へと向かったのだった。

貧しさの中を懸命に生きる

再び小学校へ通い出す

母の実家に戻り、祖父母からは温かく迎えられて、私たちはやっと落ち着いた暮らしを取り戻せたように感じた。再び部屋を間借りして、母子三人で暮らしはじめた。電気がある。水道がある。すきま風の吹かない畳が敷かれた部屋は、それだけでも私の気持ちをほっとさせた。

久しぶりに小学校へも通いはじめた。地元にある野津小学校である。転校生であった私は、なかなか学校に慣れることができなかった。しばらく学校に通っていなかったため、勉強に遅れを取っていたこともあるが、実はもう一つ大きな原因があった。言葉である。

台湾では標準語の日本語教育を受けていたため、その話し方が地元の子どもたちから「おかしい」と笑われ、いじめられた。

本来、明るい性格だった私だが、はじめの頃は言葉を口にするのが嫌で、寡黙な少年になってしまった。それでも子どもの順応力とはたいしたもので、何人かの友だちと話しているうちに、この土地独特の言い回しやイントネーションにも慣れ、少しずつだがなじんでいくことができたように思う。

母の実家の八代にたどり着いたとき、父からひどい仕打ちを受けていた私は、もうすでに父はいなくてもよい存在であると考えていた。母と妹との暮らしで十分だと思っていた。ところが一か月も経たないうちに、その家に父が姿を現したのだ。

私はびっくりして、怯えた。母が追い返してくれるかと思ったのだが、数日経っても父は私たち家族の部屋から出ていかない。結局そのまま、父も一緒に暮らすこととなった。小学生だった私に、大人の事情はわからない。とにかく再び、四人での生活がはじまったのだった。

この頃の父は、山にいたときよりは落ち着いていたのだと思う。そのうち家を建てよう、という話になった。母の実家から土地を譲ってもらうと、父は自分の手で家族が住む家を建てた。素人の手造りだからそれほど立派なものではないが、それでも家族四人が一緒に雨風をしのげる。水道や電気も通った。人間らしい暮らしができるようになったことに、私は幸せを感じた。

父、倒れる

小学五年生くらいになると、ようやく私も学校での生活が楽しくなった。ふだんはそれほど目立つ児童ではなかったが、ひょんな拍子に変わった行動をして、人を笑わせるのが好きだった。

クラスでちょっとした事件が起きたことがある。些細なことから男子二人が喧嘩をし、持っていた小刀で相手の男の子に怪我をさせてしまったのだ。こう書くとおおごとのように思われるかもしれないが、当時はそれほど大騒ぎするようなことでもなかった。しかし小刀は危ないとして、学校に持ってくることは禁止となった。

だが、小刀がないと不便である。鉛筆を削るための大事な道具だったからだ。私は先生の言いつけを守らず、筆箱に小刀を入れて学校へ行った。そこに先生のチェックが入った。クラスで小刀を持っていた児童は五人いた。全員が廊下に並ばされ、一人ずつ先生から平手打ちを受けた。

私はいちばん最後に並んでいた。一人、パチン。二人、パチン。三人、四人、私の番だ。先生が手を上げた途端、私は打たれたふりをして頬を押さえ、言った。

「イターイッ！」

みんな大笑いである。先生も苦笑いしながら、もう一度ピタンと少し加減をして頬を叩いた。そんなちょっとユニークな子どもであった。

ただ、学校での楽しさとは裏腹に、家ではつらいことのほうが多かった。

何よりも暮らしの貧しさがあった。父は日本に帰ってから定職に就くこともなく、日中はブラブラして、夜になるとよく酒を飲んでいた。今考えれば、父は父なりに苦しかったのだと思う。台湾から日本に戻ってきて以降の自分の人生が受け入れがたかったのだろう。戦争が終わり、とにかく人々は前を向きはじめた。しかし日本に、父は自分の居場所を見つけることができなかった。心を蝕まれた父は、山に住んでいた頃ほどではないにしろ、私や母に当たることも多かった。

子ども時代の記憶に、父との楽しい思い出はほとんどない。それでもいくつか、懐かしい記憶がある。一つは小学五年生の頃に、父に野球のグローブを買ってもらったことだ。野球はこの時代の男の子なら誰もが夢中になる遊びだ。しかしみんな貧しかったから、本物のグローブを持っている子どもなど誰もいない。あるとき父が、ポンッと私に子ども用のグローブを渡してくれた。どこかで買ってきてくれたらしい。みんなから羨ましがられて、とてもうれしかった。

父も野球が好きだったから、一度だけ一緒に高校野球の予選を見に行ったこともある。私は大人になった後もずっと巨人ファンだが、こうした野球好きは父の影響も一つにはあったのかもしれない。

その父が、あるとき突然倒れた。「中気である」と言われた。中気とは今でいう脳卒中である。その頃は今のような有効な治療法もなく、倒れればそれ以上の手の施しようはない。我が家には病院にかかるお金も十分にはなかったから、命はとりとめたものの、半身に不随が残った。その後は働くことはさらに難しくなった。

その頃には、下にもう一人妹が生まれていて、我が家は五人家族になっていた。その生活を支えたのは母だった。八代は畳表の原料となるい草の産地としても知られる。い草で作った花ござの行商が母の仕事だった。毎朝早くからたくさんの花ござを持って、郊外の農家などを訪ね歩き、戻るのは夕方過ぎだった。それでも「疲れた」という言葉を、母の口から聞いたことはなかった。しかし一日歩き通して商売をしても、家族五人が食べるのが精一杯であった。

自力で小遣いを稼ぐ中学生

私が入学した中学校は、合併によって新しくできた竜北中学校だった。山側の村、平野の村、海側の村、三つの村の小学校の子どもたちが一つの中学校に集まる。人数も多く、いろいろな子どもたちがいた。賑やかで、楽しい中学校だった。

入学した当初の何か月かは、私は学校に納める教材費が払えなかった。すると担任の先生が代わりに払ってくれたのだ。日本の戦後は続いていた。我が家だけでなく、まだまだ貧しい人も多かったのだと思う。それでも生徒のことを親身になって思ってくれ、身銭を切ってまで守ってくれる先生がいたことには、感謝の気持ちしかない。人の情という意味では、当時のほうがずっと温かく、深かった。

お金のなかった我が家で、少しでも母を助けたいと私は一計を案じた。近くを流れている氷川では、初夏になるとアユがたくさん釣れるため、釣り好きの大人たちがやってくる。私は釣れたアユを釣り人から買い取って、料理屋に売ろうと考えたのだ。

まずなけなしの小遣いから桶と秤を購入した。そして釣り人たちに声をかけて、釣れたアユを重さで買い取った。みんな釣ることが目的で川に来ているので、これは金になると喜んで分けてくれた。私はそのアユを桶に入れ、氷屋で氷を仕入れて樽に詰めて、熊本にある料理屋まで売りに行った。

土曜日など、学校が早く終わったときには、急いで川まで足を運んでアユ集めに夢中になった。ある程度の量になれば、桶を背負ってお店に届ける。

懇意になった料理屋の女将さんが、私のことをとてもかわいがってくれ、アユを持っていくとお昼ごはんを出してくれた。その料理が家では食べたことがないほど美味しくてたまらなかった。お金を得たい思いもあったが、料理屋の女将さんから昼食をごちそうしてもらうことを期待して、よくお昼頃に時間を合わせて通った。中学時代のちょっとしたアルバイトになった。

小遣い稼ぎという意味ではこんなこともあった。

クラスメートに大きな農家の息子がいた。ある日、その同級生が私を手招きして、教室の隅に呼んだ。手に持っていた大きな袋をこっそりと見せてくれたのだが、中には米がたっぷり入っていた。

「これ、売れんかなぁ」

家からこっそり持ち出したらしい。なぜ私に声をかけたのかはわからないが、頼まれると断れないのが私の性分だ。頭を捻り、一つ思いついた。

「学校の前の雑貨屋に行ったら、買い取ってくれるかもしれん。やってみるか」

「おれ、そういうの苦手やけん、阿南、いっちょやってくれんかのう」

その雑貨屋では、佃煮や惣菜なども売っていて、中学校の生徒たちもよく弁当のおかずなどを買っていた。私もちょくちょく顔を出し、店のおばさんとは顔見知りだ。

「よし、やってみるけん」

当時はまだ米は貴重な食料だったから、商売をしている店では喉から手が出るほど欲しいはずだ。しかし中学生が米を売るなど、あまりにも不自然だ。そこをなんとか話をまとめられないかと、私は放課後になると店に行った。

「おばさん、米、買ってくれんかな」

「そりゃあ欲しかけど、あんたその米、どがんしたと?」

「友だちから分けてもろうた」

おばさんはいぶかしそうな顔をしていたが、しばらく考えてから言った。

「わかった。でも今回一回きりだけんね」

そして見事、商談が成立。同級生から手数料をもらったのである。

もしかしたら商売の才覚は、その頃からあったのかもしれない。金を稼ぐために必要なのは、体を使い、頭を使う、人との交渉術だ。その面白さを私は中学時代に体感していたように思う。

誕生の秘密を知る

さて、そろそろ私の生まれにまつわる話をしようと思う。

何やら、自分の誕生には秘密があるのではないかと感じはじめたのは、小学五年生頃からであろうか。母の実家近くに越してきたのだが、近所の人たちは何か私の知らぬことを知っているように感じられた。なぜそのように感じたか、これという理由はなかったのだが、なんとなく違和感を持つようになったのだ。でもそれを確かめることは、これまでの自分を否定することのようで、怖くてできなかったのだった。

しかし中学一年生のときの、忘れられない記憶がある。

ふだんはそれほど付き合いのない近所の一学年上の女子生徒と、何かの拍子に口喧嘩となった。カッとなった彼女から、「もらいっ子」という言葉を投げつけられたのだ。私の心の中に、何やらつかみきれない不安があったのだろう。その言葉を聞いた私も頭に血が上り、その女の子を叩いた。そして泣きながら家へと戻った。

家には母がいた。思わず私は母に問いかけた。

「ぼくはもらいっ子なの？」

すると母は、それまで見たこともないような怖い形相をして、「誰が言ったのか」と問うた。私が黙っていると、「違う。うちの子だ」ときっぱりと言った。だが母の動揺する表情に、自分の心の中では「やはり……」という思いが広がっていったのだ。

中学二年生になると、父の病状はさらに悪化していった。お金がないから病院にも行けず、父はほとんど家で寝たきりの状態になっていた。家は相変わらず貧しかった。

あるとき母が言った。

「おばさんちの子になるか？」

おばさんとは母の三人姉妹の一番下の妹のことだった。実家の近くにあった嫁ぎ先は雑貨店と養鶏場を営んでおり、我が家とはまったく違い、裕福な暮らしをしていた。

私が台湾から戻ってきたときに、大泣きをしながら抱きしめてくれた人だ。その後も会うと、たくさんお菓子をくれたり、お小遣いをくれることもあった。その親密感は、おばが甥っ子をかわいがるという以上の思いがあるように、子ども心にも感じていた。

「おばさんのうちの子になれば、高校だけでなく、大学までも行かせてもらえるかもしれん。うちの子でいるよりも、あんたにとっては幸せに違いなか」

母は重ねて言ったが、その言葉に私は反発した。

「大学なんか行かんでよか。病気の父さんの代わりにぼくが働いて、母さんや妹たちの面倒を見るけん」

そう言うと母は黙ってしまった。それからその話には一切触れることがなくなった。

結論を言うと、母の下の妹である「おばさん」が、私の産みの親であった。まだ結婚前、ある男の子どもを孕み、当時のことだからおろすこともできずに、台湾に住む姉を頼って海を渡った。そこで生まれた私を、今の父と母が引き取り、自分たちの子どもとして育ててくれたのだ。

だから台湾から戻ってきた私を見て、本当の母であるおばは、あんなにも号泣した。しかしすでに他の男性と結婚しており、私をここまで育てた両親もいたから、何も言い出すことができなかったのだろう。だからせめてと、お菓子やお小遣いをくれたのだろう。

本当の父親の顔を、私は生涯見ることはなかった。

こうした事情は、私が二十歳になったときに母の上の妹であるおばから、もういいだろうと聞かされた。なんとなくそうだろうとは思っていたが、直接身内から話を聞いて、その事情がすべて飲み込めた。

産みの母に対して、恨む気持ちはない。しかし特別な愛情が芽生えた、ということもなかった。育ての母をずっと「本当の母」だと思い、感謝をしている。育ての父に対しては、虐待も受けたし、愛情を与えられたという思いもなかったから、私には父はいないというのが、正直な思いだ。

ともかくも、近所の人たちの多くは、うすうすその状況をわかっていたようだから、「もらいっ子」などという陰口を叩かれていたことも不思議ではなかったということだろう。

父の苦しみを思う

さて、話を私の中学時代に戻そう。

父は、私が中学三年生のときに亡くなった。中気を患い、最後の一年ほどはほとんど寝たきりであったので、ある程度の覚悟もあった。貧しさもあり、自分たちが生きていくことのほうが大切で、その頃のことはあまり記憶にない。ただ最後は自宅で家族に看取られて、父が息を引き取ったことだけは覚えている。

時代がそうだったと言えばそれまでだが、きちんと病院にもかかれず、突然半身が不随となった父。その後は徐々に残された機能も失われていき、死に向かっていく人生に何を思ったのであろうか。

きっと父にとっては台湾での良き時代こそが、大事にしたい思い出であったろう。しかしそれを抱えすぎて、晩年の不幸があったようにも思う。戦争は多くの人々に不幸をもたらした。そこから這い上がる人もいたけれど、父にはそれができなかったのだろう。

貧しい暮らしの中で、中学三年生で父を亡くした長男である私に、高校進学という選択肢は考えられなかった。これから母やまだ幼い妹たちを支える大黒柱にならなくてはならぬと、決意だけは固まっていた。

当時は中学を出てすぐに働くことは、珍しいことではなかった。中学校の同級生に農家の長男でとても成績優秀な友人がいたが、暮らし向きはそれほど悪くなかったにもかかわらず、父親からの「農家の後継ぎに学問は必要ない」の一言で、彼は進学をあきらめた。そんな時代であったのだ。

もちろん私にも高校に行きたいという気持ちはあったが、それは心の奥に封じ込め、家族のために働こうと決めて、社会人としてのスタートを切った。

第二章

独身時代、青春を謳歌する

——日本復興の熱気の中で

社会の荒波に揉まれて

十五歳、社会人としてのスタート

中学校を卒業すると、私は自宅から通える鏡町の雑貨店で働きはじめた。まだ十五歳であったから、社会人になるという自覚がどれほどあったかわからない。この雑貨店を選んだのは自分自身だった。戦後になると、中学卒業者は「金の卵」と言われ、集団就職で地方から都会に出ていく者が大勢いたが、まだそれよりも少し前の時代である。十五歳の私には都会に出ていくなどという発想もなく、とにかく中学を出たら働かなければ、とだけ考えた。

貧しかった自分にとって、将来何になりたいというような明確な目標もなく、家族のためにお金を稼がねばならない、そんな思いだけしかなかったような気がする。

中学校の帰りにたまたま友人たちと映画を観に行ったときに、通りがかった店で従業員を募集しているのを見つけた。別の日に自分で足を運んで社長に頼み、働かせてもらえることになった。雑貨店とはいえ、町では大きな店で卸業などもやっていたため、配達やお客への対応などそれなりに仕事は忙しかった。だが仕事に興味があったわけでなく、私にとっては自宅から通えるというのが、ここを選んだ理由だったように思う。

ただ中学生の頃と、働き出してからでは、少しずつ考え方も変わってくる。たとえ地元の店でも社会に出ればいろいろな人と出会う。いろいろな仕事があることも知る。この狭い町で黙々と働くというのも、次第につまらなくなった。

何か自分にはもっとできることがあるのではないかと考え、もっと広い世界を知りたいという気にもなってくる。若さもあるし、これから社会がどんどんと変わっていく、そこから取り残されたくないという気持ちもあったと思う。

私は一年ほどこの店で働いた後に、もっと大きな会社で働きたいと思い、大阪に本社がある近江絹絲紡績株式会社（現・オーミケンシ株式会社）の就職試験を受けて合格し、入社を果たすことになった。採用が決まったときは、とてもうれしかった。近江絹絲は戦前からある大手の絹紡糸の製品を生産する会社で、上場企業である。一流の企業に就職ができたことで、自分が初めて社会に認められた、そんな気持ちにもなった。

労働闘争に巻き込まれる

私は近江絹絲の大垣工場で働くため、十六歳で初めて親元を離れ、一人で岐阜県・大垣市へとやって来た。

初めての寮暮らし、そして会社が設立した近江高校の定時制にも通えることになっていて、当初は新しい生活にとても胸をふくらませていた。大きな会社だから、きっと恵まれた労働環境であると思った。だが現実はとても厳しかった。

私たち工員は、まるでロボットのように朝から夕方までずっと工場の機械の前に立ち続け、休むことを許されずに働く。わずかな昼食時間だけ、やっと緊張から解き放たれる。夕方になると高校へは通わせてもらえたが、もう体はクタクタで勉強どころではなかった（ちなみに私が通った高校は、今も私立近江高校として健在。野球部が強く、何度か甲子園にも出場し、滋賀県勢初の準優勝を飾ったこともある名門校となっている）。

私たち工員の仕事はまさに肉体労働そのもので、仕事を楽しいと思えることはなかった。それでも大きな工場で働いた経験のなかった自分にとっては、仕事とはこんなものかと思い、しばらくはどうにか踏ん張ることができた。

ところが入社して半年ほど経ったとき、社会をも揺るがす大事件に私自身も巻き込まれてしまうこととなる。

昭和二十九（一九五四）年、近江絹絲の大阪工場本社で起こった労働争議を発端とする、会社側と労働者との対立である。後に「近江絹糸争議」と呼ばれたもので、過酷な労働を経営側から強いられた工員たちが立ち上がり、組合を作ってストライキを決行するなどして立ち向かった。新聞やラジオでも大きく取り上げられ、世間の注目を浴び、社会問題化もした労使闘争である。

大阪工場に続いて、岸和田工場、彦根工場、富士宮工場と次々に組合が作られてストへと突入していった。私たちの工場でもストを起こし、ピケを張った。「労働者の権利を守れ！」と意気盛ん。あっという間にその空気に巻き込まれた十六歳の私は、周りの大人たちの熱に感化されながら、同志となって共に闘った。

世間からも注目され、私たちの意が通るかと思われたが、経営者側も強硬策に出る。会社に浮浪者たちを雇い入れて、強硬に工場へ突入させたのである。まだ入社して間もない若造ではあったが、血気盛んな年頃である。私も仲間たちと一緒に、自分たちこそ正義とばかりに激しく闘った。

今の時代には考えられないかもしれないが、もう殴り合いの喧嘩である。労働者の権利や人権は守られておらず、それを正すためには行動で示すことしか私たちにはできなかったのだ。仲間の中には抗議のために自殺する者も出たほどの大きな騒動となった。

結局、国が介入し、百五日にわたった「近江絹糸争議」は、労働組合側の要求が認められたかたちで幕を引くこととなるのだが、私はほとほと嫌気が差してしまい、寮で一緒だった仲間七人と会社を辞めてしまった。

若さが空回りして職を失う

日本が復興に向けて、社会も経済も、その歩みを強く踏み出していく時代である。さまざまな産業が息を吹き返し、多くの労働者が求められていた。元気な体さえあれば、どうにでも生きていける、そう考えた。

私は仲間と共に名古屋に出て、新しい職場を探した。すぐに熱田区にある研磨工場に働き口を見つけた。寮があったので、住むところにも困らぬ。まぁいいか。そんな軽い気持ちで決めてしまった。しかしここでも、労働条件はさほど変わらない。むしろもっと難儀したのは、研磨によって工場内に撒き散らされる粉塵だ。換気が十分でないため、常に工場内は靄《もや》がかかったようにうっすら白く見えた。

「こんなところで一日中働いていたらたまらん」

「いつか体を壊すに決まっている」

近江絹絲から一緒に来た仲間たちと口々に不満を言い合った。

労働者には権利があることを学んだ私たちは、今までのように黙って経営者の意のままになってはいけないと仲間たちで相談して、声を上げる決意をした。そして、せめてこの過酷な労働条件に見合うよう、給料を上げてほしいと専務に交渉した。

しかし経営者側は「ノー」としか言わない。怒った私たちは、それなら再びストだとばかりに、寮の布団にもぐって出社を拒んだ。専務が様子を見に来たので、「腹が痛い、頭が痛い」と言って、部屋から出なかった。

夕方になると今度は社長がやって来た。そして一言。

「今日は二十五日だから、月末まで寮にいていい。その間に職を探しなさい」

あっさりとクビである。私たち十代の若者が数人で反旗を翻したところで、会社にとっては痛くも痒くもなかったのだろう。後悔しても後の祭りである。二十六日の夜、今後について話し合った結果、各自故郷に帰ることとなった。みんな寝入っても自分はなかなか寝れず二時頃トイレの窓を開けたらはるか彼方にブラザーミシンのネオンサインが一ヶ所ポツンと見えて、夜空の星がきれいで近江絹糸の事を思い会社側で頑張るべきだったのかなぁと……。部屋に戻ると六人の寝顔が何だか淋しそうにみえるのである。

神戸の街に誘われて

川崎製鉄・葺合工場へ

故郷に戻って仕切り直しをすることにした。若さゆえの部分もあるが、世間知らずだった私は、突然放り出された社会の中で、人や社会に流され、右往左往してしまったのだろう。ここは一つ原点に戻り、もう一度自分は何をするべきなのか、考える時間が必要だった。

それでもいざ地元に帰ると、一度は都会に飛び出した自分には、知った顔ばかりで遊ぶ場所も少ない田舎町で暮らすことが窮屈になってしまった。まだ十代の若者であるから、それも仕方のないことだろう。

母は家族を支えるために一生懸命に働いている。すぐ下の妹は中学生、その下の妹はまだ小学生である。家にいても肩身が狭いだけだ。

これではいけないと、いろいろと新聞などで求人情報を探していると、川崎製鉄株式会社（現・ＪＦＥスチール株式会社）が工員を募集しているのを見つけた。戦後に川崎重工から独立してできたのが川崎製鉄である。神戸に本社がある大手鉄鋼メーカーで、「川鉄」の名で親しまれている大企業だ。これからはビルや道路や橋が、鉄によってどんどん造られていく。鉄鋼はこれから確実に伸びていく産業である。近江絹絲で痛い目を見てはいたが、歴史のある日本を代表する大企業なら、さすがに間違いないだろうと思った。

試験を受けると、見事に合格。昭和三十一（一九五六）年三月、私は家族に別れを告げて、再び故郷を離れた。十八歳の春である。

私は兵庫県にある葺合工場の厚板課に配属された。阪神工業地帯にあった葺合工場は、会社の寮から電車に乗って二十分ほどのところにあった。前に働いた近江絹絲も最初見たときはとても大きな工場であると思ったが、それとは比べものにならないほど広い敷地に何棟も工場が建っている。まるで一つの町があるような工場であった。海のすぐそばにあり、たくさんの人が働いていた。私もその一員、川鉄の社員の一人であることが、とても誇らしかった。

だが、工場での仕事はやはり厳しい。私が配属された厚板課では、高炉で溶かした鉄を固め、大きな鉄板にする作業を担当している。それが大きな工場の中で、流れ作業のように行われる。最初、真っ赤になった大きな鉄の塊を見たときには驚いた。自分はここで何をするのだろうと不安になった。

初めて命じられた仕事は、ロールから流れてくる鉄板に番号を打ち込むことだった。さすがに真っ赤とまではいかないが、まだ触れば火傷をしそうなほど熱い板に、五ケタの番号を打ち込まなければならない。流れ作業だからまごまごしているわけにはいかない。限られた時間内に素早く、頭で記憶した五ケタの数字を打ち込む。するとまた次の鉄板がやってくる。鉄板から発せられる熱で、自分も顔を真っ赤にしながら働いた。汗を拭う暇もない。

技能社員の苦悩

仕事の大変さもあったが、他にもつらいことはあった。大きな会社に入ることができたと喜んだまでは良かったが、実際に会社に入って痛感したのは、歴然とした学歴社会であることだった。

工場で働く社員は「技能社員」と「技術社員」に分かれる。

技能社員の多くは中卒で、圧倒的に現場作業の中でも過酷な仕事に就くことが多い。体を使い、汗を流し、汚れた作業着を着て働いているのはほとんどが技能社員だ。

それに対して、高卒以上でなければなれない技術社員は、最初は同じような仕事をしていても、仕事の内容は私たち技能社員とはだんだん異なっていき、事務的な仕事や、人を使って指示をするような仕事が多くなっていく。経験や技能ではなく、学歴によって最初から違うレールの上に乗せられているのだ。

学歴がものをいう世界。高校さえ卒業できれば、違う道が拓けるはずだ。そう思った私は、翌年から県立湊川高校の定時制に通うことにした。

ところが仕事と学校の両立はなかなか難しい。近江絹絲時代にも一時期は定時制高校へ通ったが、仕事で疲れてしまい、勉強に身が入らずに挫折してしまった。さらに川鉄の工場は二十四時間休みなく操業し、工員たちは三交代制で働いている。朝から夕方までの就業時間のときは良いのだが、一定の期間が過ぎると働く時間帯が移行する。

私もあるときから班が変わり、十四時出社となってしまった。これでは学校に行けないと思うと、どうしても早退したり、休みをとったりしなければならない。

そんなある日、事務所から担当課長に呼び出され、説教されてしまった。

「キミは仕事が大事なのか、学校が大事なのか」

そう問われれば、仕事が大事だとしか言うことはできない。生きるために働いている。仕事を奪われれば無職になり、これから自分はどのように生きていけるかもわからない。

「キミは大事な工員なのだから、がんばって仕事をしてほしい」

担当課長は優しく私をいさめてくれた。言葉は温かかった。だが東大出のエリート課長に私の気持ちなどわかるかと、職場に戻りながら、あふれる涙が止まらなかった。

ちなみにその担当課長は、ずっと後に川鉄の社長にまで上り詰めた。私は週刊誌で紹介されている記事を読み、当時のことがハッと思い出されたのである。私のことなど覚えていないだろうが……。

情熱を神戸の繁華街に注ぐ

工場での仕事は厳しかったが、定時制高校に通うことをあきらめた頃から、毎日が楽しくなってきた。それはなんと言っても自由に遊べるお金と時間があったからだ。ある意味、仕事は仕事として、割り切るようになったからだろう。

工場と寮がある神戸は、華やかな街である。ずっと熊本で育ってきた私にとっては、まるで外国に来たようなきらびやかさがあり、最初の頃は圧倒された。三宮や新開地など、若者にとって魅力的な街は、毎日繰り出しても飽きないほどだった。職場では同い年の気の合う友人ができた。有江くんと広瀬くんだ。

二十歳頃になると、給料をもらうと三人で、夜の三宮や新開地に繰り出すのが常だった。音楽喫茶やスナックなどハシゴをして盛り上がった。

昭和三十年代はじめの頃のことである。戦争に敗れ荒廃した日本が徐々に力を取り戻し、高度成長期へと続いていく。まだ社会全体としては貧しかったものの、人が集まる都会には、不思議なパワーが満ちあふれていた。もちろん若さもあったのだろうが、私たちもそんな時代に乗り遅れまいと、ハチャメチャに遊び回った。

あるとき、こんな出来事があったのを思い出す。

いつもの三人で、三宮駅前にあったジャンジャン市場へ足を運んだ。ここには多くの食堂があって、安くて旨いものが食べられた。これから夜遅くまで遊び回る前の腹ごしらえだ。私たちは行きつけの店に入り、その店の親父と話が弾んだ。

「この店の味噌汁は最高に旨いなぁ。寮の味噌汁は食えんよ」と有江くんが言った。

私と広瀬くんも、同感、というように大きくうなずいた。

そのときだ。私たちが座っている足元を、数匹のゴキブリがサーッと通り過ぎた。思わず三人で顔を見合わせた。

「オジサン、ゴキブリがいたよ」

「うん、ゴキブリが多くてなぁ。一度ゴキブリが味噌汁に飛び込んだこともあったよ。すぐに取り出したけどな」

「えー、そんな味噌汁、俺たちに食わせないでよ」

「当たり前だよ。お得意さんだからね」

四十分ほどいて、その店を出た。私たちは歩きながら話した。

「あの食堂、もう行くの嫌になったよ」と有江くんが言った。

「何言ってんだよ、そんなのどこの店でも一緒だろう」と私は答えた。

すると有江くんが、「お前だってこの前、食堂で味噌汁にチョークが入ってて、オバサンを怒鳴りつけてたじゃないか」と返した。

確かにそんなこともあったけれど、あまり気にしても仕方がない。

すると広瀬くんが一言つぶやいた。

「食べ物屋って、店がちょっと汚いくらいのほうが旨いんだよなぁ」

私と有江くんは思わずその言葉に同感し、そのまま次の店へと足を運んだのだった。

今の若い人から見れば、当時の店は驚くほど不衛生であっただろう。それでも食べるものさえ十分になかった戦後の時代を生き抜いた私たちにとって、美味しいものを腹いっぱい食べられるだけでも、幸せな時代を迎えたことを実感できたのである。

またある日、スナックで三人で飲んでいると、フランク永井の『13,800円』という曲が流れてきた。ご存じだろうか。昭和三十二（一九五七）年に流行した歌で、その頃の大学卒の初任給（月額）がそのくらいの金額だったから、この題名が付けられたらしい。

「一万三千八百円？　なんだ、俺たちとそんな変わらないじゃないか」

三人で顔を見合わせて笑った。私たちは当時二十歳で、給料は一万二千五百円ほどだったから、誇らしい気持ちにもなった。国鉄（現・ＪＲ）の同世代の職員の給料が七千円くらいで、川鉄の社員はかなり恵まれていたのだろう。たぶん高給取りの部類に入っていたと思う。それもあってか、「川鉄で働いている」と言うとかなりモテたものであった。

とはいえ、人よりたくさん給料をもらっていても、週に何回も繁華街へ繰り出し、深夜まで飲んで遊べば、お金は尽きる。しかし、ここでも川鉄の名が強い武器となる。たとえば彼女とのデートのために新しい上着が欲しいとする。「川鉄で働いている」と言うと、月賦で買うことができたのだ。そして給料日の一週間前くらいになるとお金が底をつくから、買ったばかりの服を質に入れてお金を工面する。給料をもらうと服を質から出して、また流行りの服を着て彼女とデート、また質入れ、といった繰り返しだった。

女の子と一緒に石原裕次郎の映画を観るのが、私のお気に入りのデートだった。『太陽の季節』『狂った果実』『嵐を呼ぶ男』『錆びたナイフ』。みんな彼女と一緒に観た。中でも神戸を舞台にした『赤い波止場』は大のお気に入りだった。

若さを言い訳にしてはいけないかもしれないが、この時代は私の人生において、もっとも遊んだ時期だろう。悪友たちと一緒に、夜遅くまで飲み歩いた。そうすれば当然、朝がつらい。寝坊して遅刻するのならばまだましだが、ついには会社に行くのが面倒になり、仮病を使って休むことを覚えた。町の病院に行って、「頭が痛い」「腹が痛い」と言っては医者に診断書を書いてもらって欠勤するのだ。

そのうち医者とも顔なじみになり、また来たのかと呆れ顔をされる始末だ。ひどいときには一年間で、決まった休日、年休以外に、三十日以上も欠勤した。よくぞクビにならなかったものである。

久しぶりの帰郷

昭和三十四（一九五九）年、二十二歳の秋のことである。

ある日、仕事が終わって珍しく寮でのんびりしていると、妹から「母が倒れた」と電話が入った。

その頃の私は、すっかり熊本の家族のことを忘れていた。中学校を出たときには、自分が長男として家族を守らなければという覚悟をして働き、一年後にはもっと立派になって家族を幸せにしたいと故郷を離れたはずだった。

しかし都会に出ると、そこにはこれまで知らなかった華やかで楽しい世界があふれている。実家での貧しい暮らしなど、思い出したくなかったのかもしれない。今、母や妹たちがどのように暮らしているか、それを直視したくなかったのかもしれない。わずかばかりの仕送りだけでやるだけのことはやっていると自分に言い訳をし、その何倍ものお金を街での遊びに使っていた。

お盆や正月の長期の休みにもほとんど帰らず、家族に顔を見せるよりは、神戸の街で仲間たちと遊んでいたいと思った。家族に、母に、申し訳ないという気持ちさえ起きなかったのは、若気の至りというだけでは許されないだろうか。

そんな私の生活を知ってか知らずか、母は何も言ってこなかった。上の妹は、中学校を出ると地元の駅の売店で働いた。下の妹はまだ小学生で、女三人の暮らしは厳しかっただろうに、それでも金を無心されるようなことは一度もなかった。それよりも、たまに届く手紙には、《元気でいるか、体に気をつけるように》と、母親の愛情だけがあふれていた。たとえ産みの親でなくても、赤子のときから私を育ててくれた母の愛情は何ものにも代えがたいものであったのだ。

翌日、そんなことを沸々と思いながら、列車に乗って熊本へと向かった。

当時は当然のごとく携帯電話などなかったから、互いにやり取りすることも難しく、一度連絡が入って以降の母の状態はわからない。どんな容体だろうか、命は助かるだろうかと、ただただ想像することしかできず、母に会いたいと気持ちばかりが急いた。

母が入院したという病院に駆け込むと、ベッドに横たわる母の姿があった。しばらくぶりに見る母は、病のせいなのか、日々の暮らしの大変さによるものなのか、いっそう年を取り、やつれているように見えた。

しばらく母の様子を見ていると、担当の医師が来て病状を説明してくれた。命に別状はない、大丈夫だという話を聞いて、胸を撫で下ろした。

私がいることに気づいた母も、喜んではくれたものの、「仕事があるのだから、早く帰りなさい」と言う。やはり生真面目な人なのだ。

結局、私は一日だけ故郷にいて、翌日には神戸に戻ることにした。母の顔を見て安心したら、今度は早く神戸に戻りたいという思いが強くなる。現金なものである。

神戸の恋人

さて、熊本からの帰りの列車でのエピソードを一つ。

私はその日の夕方、熊本発の大阪行きの列車に乗り込んだ。始発駅なので席はガラガラであったが、突然たくさんの制服姿の女子高校生が乗り込んできたのだ。どうやら修学旅行の帰りであるらしい。

列車の中で、女子高生に囲まれたのだからたまったものではない。彼女たちがワイワイガヤガヤ、にぎやかにおしゃべりする中で、若い男が一人、ぽつんと座っているのだ。どうにも居心地が悪い。

列車は本州へと渡り、暗闇の中、神戸に向かってひた走る。夜の十時を過ぎた頃のことだろうか。やっと女子高生のおしゃべりが収まり、静かになった列車内で、ふと顔を上げると、斜め前に座っている一人の女子高生が静かに本を読んでいる姿が目に入った。

周りを気にせず騒ぎまくる女子高校生にはほとほと参っていたためか、静かに読書をする彼女の姿に心を惹かれた。旅の恥はかき捨てとばかりに思い切って声をかけると、彼女は愛想よく答えてくれた。聞くと、須磨にある女子校なのだという。自分も神戸の川鉄で働いていることを伝え、地元の店や好きな場所の話題となって盛り上がった。

しばらくしてデッキに誘い、さらに二人で話をした。周りには誰もいない。数時間前に会ったばかりではあるが、これが一目惚れというやつかもしれない。このチャンスを逃すなと、もう一人の自分が背中を押した。思い切って彼女にキスをする。

びっくりした表情の彼女が、またかわいい。女子高生ならではの初々しさだ。

その後、互いに住所を教え合って別れた。

母の見舞いに故郷を訪れたのに、母の状態に安堵しての帰り道には、もうこれである。お恥ずかしい限りだが、これも若さゆえとご理解いただきたい。

彼女とは、その後も連絡を取り合って、神戸の街で何度もデートをした。女の子とのデートは、飲み仲間の男友だちと騒ぐのとは、また違う楽しさがある。

とても優しい心根の子で、いつも私を気遣ってくれた。焼き肉を食べに行くと、自分は一切れか二切れしか食べず、あとの焼けた肉は全部私の皿に載せてくれるような子であった。

とにかく神戸の街には若いカップルにぴったりのおしゃれなデートスポットもたくさんあったから、若い彼女を連れてはいろいろなところに出かけて青春を謳歌した。おかげで神戸には、心に残る多くの思い出を残すことができた。

しかしこの恋も、突然の終わりを迎えることとなる。

千葉工場での日々

上京が転機に

川崎製鉄に入って六年目、二十五歳のときである。会社の中で大きな改革があり、葺合工場で働く社員たちの多くが、千葉工場へと異動することとなったのだ。悪友の広瀬くんや有江くんと共に、私にも千葉工場への転勤が命ぜられた。

振り返ればこのときが、私のそれまでの生き方を変える大きな転機となったのかもしれない。

転勤となれば、三年間付き合った彼女とは離れ離れである。まだ東海道新幹線も開通していない時代、千葉と神戸はあまりにも遠かった。このまま遠距離恋愛を続けるか、結婚するか、別れるか。三つの選択肢があった。彼女も私も若かった。私は結婚を決意することができなかった。結局、別れを選ぶしかなかった。最後の日の彼女の涙が忘れられない。

私たち川鉄社員は、民族大移動のごとく千葉へと向かった。多くの社員が一気に神戸から千葉へと引っ越すため、会社は列車二両を貸し切りにしたほどだ。そうは言っても、私たち独身の社員はこれまでも寮生活であったし、千葉へ行ってもまた寮のお世話になる。身の回りの荷物をまとめて持ち出せばよいだけなので、身軽なものであった。

ところで、この神戸から千葉への列車での約五百キロの移動の間に、私の心も大きく変わることとなる。そのきっかけとなったのは、葺合工場の人事課長だった。

責任者として一緒の列車に乗り込んでいた課長が、わざわざ私の横の席に座った。そしてこれまでの私の勤務態度について、語り出したのだ。

「社員として働いているのだから、欠勤はいけない」

「仮病を使って休んではいけない」

「徹夜で遊んで、ぼうっと半分寝ているような状態で仕事をしてはいけない」

どれも真実で、耳の痛くなる話ばかりである。そして最後にこう言った。

「キミはまだ若い。これからどうやって生きていくのか、しっかりと考えているのか。このままで良いはずはないだろう。自分の将来をきちんと考えて、しっかりと働くことを覚えなさい」

私は課長の言葉に心を打たれた。確かに友だちと遊び歩くのは楽しかった。だがその一方で、このままでいいのだろうか、という不安を心の片隅にいつも抱えていた。大きな会社だからこそ、ちょっと不良な工員でも、大目に見てもらえたのだろう。しかしそれで自分は良いのかと、改めて自覚させられたのである。

よし、千葉へ行ったら心を入れ替えて、真面目に働こう。場所が変われば環境も変わる、周りの仲間たちも変わる。今までの自分を知る人は少ないから、もう一度、生まれ変わったつもりで一からやり直そうと心に誓ったのだった。

川鉄化学分析課で働く

千葉工場は、川崎製鉄が川崎重工から鉄鋼部門を引き継ぎ、昭和二十五（一九五〇）年の会社発足の当初から、初代社長である西山弥太郎が操業を目指し、執念で築き上げた工場である。鉄鋼メーカーとして高炉を持つ鉄鋼一貫製鉄所の夢を掲げ、大規模な工場の新設を目指し、その白羽の矢が立ったのが千葉であった。

社運をかけて新たに建設された千葉工場は、当時としては最新の設備が導入され、その規模も葺合工場とは比較にならないほど大きく、立派だった。

神戸から異動した私たち社員は気持ちも新たに、会社が用意してくれた社員寮に入り、通勤することになった。工場は京葉線の蘇我駅から徒歩で七分ほどのところにあった。しかしその敷地面積は広大で、正門を入ってから、自分が働く事務所まではなんと徒歩二十分もかかる。敷地内に大きな工場が何棟もあり、鋼板を主体に、熱延・冷延鋼板、めっき鋼板、厚板、鋼管などの生産を行っていた。さらに事務棟や食堂などもあり、そこはまるで川鉄村という一つの自治区のようであった。

千葉工場では、私は川崎製鉄が昭和三十四（一九五九）年に設立した川鉄化学株式会社の分析課に配属された。神戸時代とは打って変わり、コークスやベンゼン、硫酸など工場で使用する原料の分析をするのが主な仕事だ。

私は最初、オーストラリアから貨物船で運ばれてくる石炭の分析を任された。山積みになった石炭からもうもうと埃が立ち、大きな音が鳴り響く場所での作業は大変な苦労であった。そのうちに他の分析も任されるようになった。ビーカーやフラスコを使い、いろいろな試薬で検査、分析する作業はとても気を使うものであった。

試薬の中には危険なものも多く、ずっと作業を続けると頭がクラクラとするときもあった。中には体調を崩して入院する者もいたから、けっして良い労働環境とは言えなかったのであろう。それでも製品の品質を守るため、作業所内は昼も夜も、夏も冬も、常に室温を二十五度に保たれていたため、作業をするには快適であった。自分は恵まれた場所で働かせてもらえていると思っていた。

葺合工場で高温を発する鉄板に向かって、汗をかきながら作業をしていた頃に比べれば、天国である。また千葉工場の他の工場で働く仲間の工員からも、いい場所で働いていると羨ましがられたものである。

浮気心でバーテンダーに

千葉工場へ来てからは、真面目に働くことを心がけた。無遅刻無欠勤を貫いた。人が変わったような真面目な働きぶりである、と自分では思う。

そうは言っても、酒も遊びも一切やめたというわけではなかった。さすがにこれだけ毎日一生懸命に働いていれば、息抜きだってしたくなる。

職場で同い年だった麻生くんと意気投合し、仕事が終わるとよく飲みに出かけた。最初の頃は昼間の勤務であったため、夕方の五時に仕事が終わると誘い合わせて、二人で街に繰り出して、ホルモン道場で喉の渇きとお腹を満たし、それからスナックを二軒、三軒とはしごするのがお決まりのコースだった。

こうして夜の街に出ていると、会社で一生懸命に働こうという思いはもちろんあるのだが、浮気心も出てくるものだ。二年ほど仕事一途にがんばってきたが、朝八時から夕方五時までの勤務時間だったので、夜の時間がたっぷりあるのなら、ちょっとアルバイトでもしてみようという気になった。

以前から憧れていたバーテンダーをやってみたいと、行きつけのスナックのママに頼んでみると、「いいわよ」と軽く引き受けてくれた。

仕事が終わると作業着を脱いで、スーツに着替え蝶ネクタイを締めて店に立つ。神戸の街で毎日飲み歩いていた頃、カクテルが大好物だったから、知識も豊富だ。見よう見まねでシェイカーを振り、客の注文に素早く対応する。我ながらなかなか絵になっているではないかと、まんざらでもなかった。

日本は高度成長期の真っ只中だった。好景気に沸き、毎晩多くのサラリーマンたちが夜の街に繰り出してくる。夜も八時を過ぎると店はいつも満席状態で、注文も途絶えることがない。ママは満面の笑みであるが、私は次第に疲れてくる。客の中には「一緒に飲め」と勧めてくれる者もいたから、ついつい酒も入る。店が閉まる深夜十二時までカウンターに立っていると、もうヘトヘトである。翌日は朝の八時から仕事であるから、次第に疲労が蓄積していった。

本業は当然、川鉄での仕事だ。興味の赴くままにバーテンダーをやってみたものの、思いは十分に遂げることができたので、結局四か月ほど働いて辞めた。

こんな生活をしていたのなら、神戸時代とあまり変わってないと思われるかもしれない。いやいや夜遊びはしていても、きちんと仕事を中心に考えて、空いた時間に息抜きをする。以前はそれが反対だったのだから、私なりには真面目になったということだ。

突然の親友との別れ

千葉工場時代には、つらい思い出もある。

神戸時代に最高の遊び仲間であった有江くんと広瀬くんとは、違う寮に入ってしまった。おまけに、同じ千葉工場内といってもまったく業務が異なり、働く場所も離れていたために会うことも少なくなってしまっていた。

実は有江くんは、私たちと一緒に異動の辞令が出ていたが、千葉工場へは十か月ほど遅れてやって来た。神戸のスナックで遊んでいたとき、彼がおかしな咳をしているので気をつけろと言ったことがあるのだが、病院で診てもらったところ肺結核と診断され、しばらく三田《さんだ》の病院で療養していたのだ。

その有江くんから私の寮に電話があった。

「おれ、結婚したんだ。神戸で入院しているときに、療養所で知り合った看護婦さんなんだ。式は身内で挙げたから、報告が遅くなって悪かったな」

律儀に以前の悪友にわざわざ報告をしてくれた。

「おめでとう！　良かったな」

先を越されたのはちょっと悔しかったけれど、有江くんは三人の中ではいちばん背が高くてハンサムだったから、まあ仕方ないと納得した。

やがて子どもが生まれたとも聞き、たぶん幸せの絶頂であっただろう。ところが突然の悲報が入る。千葉工場で天井クレーンを点検中、落下する事故に見舞われたのだ。即死だったという。家族のためにがんばっていただろう有江くん。まだ子どもは七か月だったそうだ。どんなに無念であったろうか。

人生は本当にわからない。同い年で、たくさんの時間を共に過ごした仲間が、一瞬のうちに命を落としてしまった。若さとは、自由であり、ずっと未来が続いていくと疑いもしていなかった。しかしそれは確かに約束されたものではない。有江くんのあの笑顔がもう見られないことに私は大きな悲しみとショックを受けた。

生きるということの大切さを改めて感じた出来事であった。もっとがんばって働かなければ、有江くんに恥ずかしくない人生を生きようと、心に誓ったのである。

新しい家族と共に

長男としての責任を果たす

有江くんの事故のことがあり、それなりに年も重ねたこともあったのかもしれない。ふと思ったのは、私をここまで大きくしてくれた母の存在であった。

正直なことを言えば、十代で家を離れてからは、家族とは違う人生を歩んでいきたいと思っていた。父のようにはなりたくない。きちんとした職業に就いて、暮らしを安定させ、人に堂々と胸を張れる生き方をしたいと思っていた。だからこそ、時には遊びに夢中になって羽目を外しても、人生のレールからは外れずに生きてきた。

ただそのレールの道筋のスタートラインを引いてくれたのは、産みの母ではないとしても我が子として懸命に育ててくれた母だ。故郷の熊本に母を置いたままでは、私はいつまでも何かをやり残したままなのではないか、そうした思いが強くなっていったのだ。

連絡をしてみると、母には母の思いがあった。下の妹が中学生になっていたのだが、母としては高校へ進学させたいという思いが強かった。私と上の妹を高校へ進学させることができなかったことが、今も心のしこりになっていて、下の妹だけでも高校へ行かせてやりたいと思っていたようだった。

しかし、その頃の実家の経済状態では、母の細腕一本と上の妹のわずかな収入で、下の妹を高校に行かせるのは難しいというのが現実だったのだろう。ずいぶん悩んでいたようである。だからと言って私に仕送りを増やしてほしいとは言い出さないのも母ならではの優しさである。

電話で話していても、母のそうした心の内側がなんとなくわかるような気がした。母の思いに応えるためにはどうしたらいいか。熟考した末、私は母と妹をこちらに呼び寄せることを思いついた。人並み以上の給料をきちんともらっている。仕事も真面目にやっている。私くらいの年齢で妻や子どもを養っている仲間も多くいる。私の力で妹を高校まで出してあげることが、何よりもの親孝行になるだろう。

私の誘いに、最初は母も、親族の多い故郷を離れることをためらっていたが、下の妹を高校に入れるため、決断してくれた。遠く離れた九州から、頼れるのは私しかいない関東へ来るのは、どんなにか勇気がいることだろう。それでも私を信じて千葉までやって来てくれることをうれしく思った。やっと長男としての責任が果たせるときが来たのである。

私は寮を出て、西千葉に家族で住む小さな一戸建ての家を借りて、母と下の妹を迎えた。上の妹は慣れ親しんだ熊本を離れることを嫌がり、また私への遠慮もあったようで、一緒には来なかった（後に家族を頼って上京した）。

十年以上ぶりに家族が顔を合わせ、一緒に暮らすことはやはり嬉しい。ずっと寮の食事や外食で過ごしてきた私の口には母の懐かしい料理がなんとも新鮮で、幼い頃から食べ慣れた味が、体に心に沁み渡るようだった。

結婚をすると、家族を養う責任から仕事への取り組み方が変わるとよく言われるが、私も母と妹と暮らすことで、仕事への意欲も変わっていった。

こうした私の姿を上司たちも見ていてくれたのだろう。二十九歳のときに昇格し、班長になった。この年齢で班長になるのは珍しかったから、自分なりにがんばりが評価されたと感じていた。大きな会社だから、昇格には試験や研修などもあったが、給料が六千円もアップしたのはうれしかった。当時の手取りは三万円程度だったから、かなりの昇給率である。

班長には六人ほどの部下がつき、作業の指示をするのが役割となる。現場にいるよりも事務的な作業をすることが多くなり、肉体的な負担が少なくなったのはありがたかった。

また、班長はラインが一本入ったヘルメットをかぶる。工場内だけでなく、売店に買い物に行くときや、食堂へ行くときなどもヘルメットはかぶりっぱなしだったので、ラインが入ったヘルメットは目立つ。女性事務員や他の工員たちが、このヘルメットを見て「おっ」という顔をしてくれるのだった。

百円札をきっかけに

時間を少し戻そう。二十七歳の休日のことだ。一人で買い物に出かけた私は、午後三時頃に寮に戻ろうと千葉駅の駅ビル内を歩いていた。この前年、千葉駅には駅ビル「千葉ステーション」がオープンした。多くの飲食店や衣料品店などが入っていて、たくさんの人が集まる人気スポットになっていたのだ。

私が人混みをかきわけるように歩いていたとき、うしろから若い女性に声をかけられた。

「落ちましたよ」

振り返ると、女性の手には一枚の百円札があった。

私は財布を持つ習慣がなく、お金はすべてズボンのポケットに突っ込んでおくクセがあった。ちょうど真夏の暑い時期で、汗を拭おうとポケットからハンカチを出したときに、お札が落ちてしまったらしい。

差し出された百円札を受け取り、「ありがとう」とお礼を言った。そして、そのまま改札に向かい、家路についた。それだけのこと、のはずだった。

それから三か月ほど経ってからのことだろうか。季節はすっかり秋になっていた。その日も私は千葉駅周辺まで出かけていたのだが、千葉ステーションのある店の前で買い物をしている女性に目が留まった。ピンときた。あのときお金を拾ってくれた女性だとわかったからだ。

思わず声をかけたが、彼女は不思議そうな顔をしたままだ。

「三か月ほど前、お金を拾ってくれましたよね。百円札……」

「ああ、あのときの！」

彼女の緊張した顔がやわらいだ。その笑顔を見て、思い切ってお茶に誘ってみたところ、ＯＫの返事をしてくれた。

喫茶店でコーヒーを飲みながら、互いに自己紹介をした。彼女は品川にあるエネルギー関連企業の千葉支店で働いているという。自宅は佐倉と聞いて、あの長嶋茂雄の出身地かと盛り上がる。

戦後に少年時代を迎えた者の多くは、誰もが野球に夢中になった。今は九州にはソフトバンクがあるが、あの頃の九州の野球好きの多くは巨人ファンだったのではないだろうか。巨人軍のＶ９、黄金時代を築いた川上哲治監督は、熊本の出身である。私は特に長嶋の華麗な三塁の守備に憧れていた。長嶋は佐倉一高の出身で、彼女は佐倉二高の出身。もちろん長嶋ファン、そして巨人ファンだそうだ。

世の中には巨人ファンの若い女性は多くいるだろうし、千葉駅なのだから、長嶋と同じ佐倉出身の人に出会う可能性もなくはないだろう。それでもそのときは、運命の出会いであると感じた。

なぜ、三か月も前に百円札を拾ってくれただけの彼女の顔を覚えていたか。一言で言えば、タイプだったのだと思う。すごく目立つ美人というわけではなかったが、自分の心の中では何かピンとくるものがあったのだ。

よし、覚悟を決めた

こうして、二人の交際が始まったのである。

それから二年間、順調に交際を続けていた。その間、母親と妹を千葉に呼び寄せて、ちょうど班長になって給料も上がった。社会人として、それなりに暮らすことができるようになった。そう考えたときに、無性に家を建てたくなった。自分の持ち家があってこそ男は一人前、などとも思った。

ある日、彼女に相談をした。

「おれ、家を建てようと思うんだけど、組合からお金を借りても百万円くらい足りないんだよね」

「ふーん、私が出してもいいよ」

彼女は五人きょうだいの末っ子。父親は彼女が生まれてまもなく出征し、満州で亡くなったという。父親の顔を知らずに育ったが、佐倉の農家で母親やきょうだいに囲まれて大事に育てられてきたのだろう。おっとりとした性格は、きっと家族から愛され、かわいがられてきたからこその素直さだ。趣味は山歩きで、休日にはよくいろいろな場所に旅行に出かけていたけれど、自宅から通っていたから、しっかり貯金はあるらしい。

しかし、ちょっと待てよ、と私は思った。お金を借りれば、それはやはり結婚か……。

男なんて勝手なものである。二年間付き合っていても、いざ結婚となると、なかなか決断ができない。やはり覚悟が必要だ。

「二、三日考えさせてくれ」

そう言って、三日考えて結論を出した。

「一緒に家を建てよう。一緒に暮らそう」

私が三十歳、彼女が二十四歳のときである。結婚の良いタイミングと言えばそうである。

緊張しながら、彼女の家にも挨拶に行った。早くに亡くした父親の代わりに、十歳上のお兄さんが厳しい顔で待っていた。実は彼女には、いくつか良い条件の縁談が持ち上がっていたらしい。たぶん地元の人だったのだろう。

「九州の男か、そんな男はお断りだ！」

お兄さんは、彼女がわざわざ九州なんて遠いところの人と結婚しなくてもよい、という考えの持ち主だった。しかし反対されればされるほど、力がみなぎってくるものだ。九州男児の意地を見せてやる！と意気込んで、私は彼女のお兄さんと向き合った。

お兄さんは私より三つ年上であったが、父親代わりを意識してか、毅然とした姿勢で私を睨みつけてくる。私は動揺する気持ちを抑えつつ、今は西千葉に住み、十年以上も川崎製鉄で働いていること、これから千葉に家を建てることなどを説明した。すると次第にお兄さんの心もほぐれてきたようだった。さらに自分が大の巨人ファンで、中でも長嶋の大ファンであることを話すと、お兄さんの目の色が変わった。

お兄さんは千葉県の農業高校の野球部の出身だった。長嶋茂雄は学年が二つ下で、なんと高校時代に対戦したこともあったという。

「いやぁ、当時から長嶋は凄かった。佐倉一高はそれほど野球の強い高校ではなかったけれど、一人だけすごくうまい三塁手がいると地元では有名だった。別格だったよ」

お兄さんの話にこちらも身を乗り出して聞き惚れる。そして酒を酌み交わし、野球話で盛り上がるうちに意気投合し、一時間も経った頃にはすっかり打ち解けた。

「気に入った！　妹をよろしく頼む」

最後はお兄さんもこう言って、私に頭を下げたのだ。

「はい。苦労をすることもあるかもしれませんが、別れることはしません。でも、一つだけ言っておきたいことがあります」

「なんだね」

「一生のうち、一回か二回、浮気をすることがあるかもしれません」

彼女に聞こえないように告白した。

「まぁ、男だからね。でも二度ですませてくれよ」

「ハイハイ、そのへんですませます」

二人で顔を見合わせて笑い、男同士の絆が結ばれたのである。もちろん彼女には内緒の話だが……。

新婚旅行は故郷の熊本へ

結婚は昭和四十三（一九六八）年四月二十九日、当時の天皇誕生日の祝日に、川鉄の工場敷地内にある会社の共済会館で披露宴を挙げた。私は三十一歳、妻の静枝は二十五歳になる年だった。

仲人には私の上司の末永総作業長がなってくれ、司会はやはり上司の小林作業長が務めてくれた。多くの仲間や家族に祝ってもらい、無事に披露宴が終わって、さぁ、新婚旅行に出発というときのことだ。私たち新郎新婦がタクシーに乗り込み、みんなに見送られながら走り出したのはいいけれど、わずか五十メートルほど行ったところで、突然ガタンと揺れてストップしてしまった。運転手が慌てて車を降りて見たところ、なんと後輪の左側のタイヤがパンクしていたのだ。

私たちは車から降ろされた。何事かとみんなが寄ってきて、「あれ、パンクしちゃったよ」と笑い出す。私たちも苦笑いするしかない。

運転手がタイヤを取り替えて、どうにか再び出発し、事なきを得たのだが、さて、私たちの結婚の前途はいかに……と不安を覚えた。妻の心中はいかばかりであったのか。その予感は当たらずとも遠からず、だったことだけは確かである。

とにかく気持ちを切り替えるしかない。私たちは新婚旅行へと向かった。新婚旅行には私の故郷に妻を連れていきたいと思っていたから、旅先は九州と決めていた。一週間ほどの休みをもらい、阿蘇や天草などを巡った。もちろん懐かしい地元へも帰り、妻を母の親戚にも紹介した。

産みの母である「おばさん」にも会わせた。私にはそんな感慨はなかったけれど、おばさんは涙ぐみながら祝ってくれた。

新婚旅行から帰ると、新しく建てた家で母と妹と私たち夫婦四人の暮らしが始まった。嫁と姑は一緒に暮らすと仲が悪くなるというが、ありがたいことに二人はうまくやってくれた。母も妻を優しく迎えてくれたし、妻もそれなりに母をたてながら、良い関係を作る努力をしてくれた。

母の同居で私が助かったのは、なんと言っても食事である。再び母と暮らすようになってから、私はすっかり母の料理、故郷の味に慣れてしまった。そのため結婚した当初、妻の手料理を「こんなものは食えない」「マズイ」と言ってしまったのだが、妻に言わせれば関東と九州では料理の味付けがまったく違うという。妻は末っ子で甘やかされて育ったから、料理が下手なのだと思っていたが、彼女にもそれなりの言い分はあったのだ。

母は以前、「民宿をやって、お客さんに自分の料理を食べてもらうのが夢」と言っていたほどの料理好き。貧しい頃はそれほど豊かな食卓ではなかったけれど、それでも母の作る料理はなんでも美味しかった。千葉に来てからは、働く息子に美味しいものを食べさせたいという思いからか、いつも手をかけた料理を用意してくれていた。

結婚当初は、母や妹の生活を支えていたこともあり、私たちは共働き夫婦であった。妻は仕事をしながらも、こうした母の思いを汲んで、文句も言わずに母に料理を教わって、阿南の家の味を覚えてくれた。妻には感謝をしたい。

また、私たち夫婦が結婚した頃には、家族にもう一つの良い話があった。この当時、上の妹が私たち家族を頼って関東に出てきていて、私たちの近くに住んでいたのだが、新しい家を建ててくれた棟梁の息子に見初められ、なんと結婚が決まったのである。めでたいことは続くものである。

揺らぎはじめた心

同居していた下の妹も、無事に高校の三年間を過ごし、卒業の時期を迎えた。母に似てしっかり者の妹だったから、将来に関しては自分で決めるだろうと、それほど心配はしていなかった。

あるとき、仕事中に会社の人事部から私宛てに電話が入った。何事かと思って受話器を取って話を聞いて驚いた。

「キミの妹さんがうちの会社を受けたのを知っているか?」

寝耳に水である。

「いや、知りません」

「そうか、阿南という名字は珍しいからな。間違いないみたいだぞ」

帰って妹に聞いてみると、やはり川崎製鉄を受けたという。そして見事に採用試験に合格してくれたのだ。

妹の高校の卒業式には親代わりとして出席した。妹に高校を卒業させてやれたことは、兄として一つの責任を果たしたという思いも強かった。

春になり、兄妹で一緒の千葉工場で働くことになった。とは言っても、工場の敷地はとても広い。事務職で採用された妹は正門近くの建物で働いていたが、私はそこから二キロくらい先の建物だったから、敷地内で顔を合わせることも、仕事上の接点も、ほとんどなかった。良き相談相手にはなれなかったが、それでも兄が行っている会社を妹が選んでくれたことは、やはりうれしいものだった。

私たちが結婚して一年後に、長女の朋美が生まれた。妹の卒業・就職で肩の荷が一つ下りたと思ったが、また家族の長としての新しい責任ができた。ところが、「さぁ、これからもがんばって、定年までこの会社で働くぞ」という思いにはならなかった。

それにはいくつかの理由があったのだが、もっとも大きな理由は、川鉄で働き続けることが、どうしても息苦しかったのだ。なぜか――。

大企業というのは、強固な組織として成り立っている。年功序列もあったが、それ以上に大きく立ちはだかっていたのは学歴である。たとえ十年、二十年働いても、その事実はずっと変わらない。どんなに仕事をがんばろうと、その壁を越えることはできないのだ。

たとえばこんなことがあった。私がまだ会社の寮に入っていた頃のことであるが、用があって知り合いの別の寮へ行ったことがある。そこは技術職の社員が入っている寮だったのだが、私の入っている寮とはまったく違っていた。建物は新しくきれいで、各部屋にはエアコンが付いていた。私たちは夏の暑い時期は窓を開け放って、扇風機を回してふうふう言っていた。それが夏の暮らしだと思っていた。同じ社員であっても、こんなにも待遇が違うものかと驚くとともに悔しさが募った。

技能職と言われる私たち社員は、いつも厳しい環境の中で働かせられる。二十四時間を三交代。夜働き、昼間寝る生活も経験した。換気の悪い粉塵まみれの工場内に八時間こもって働き続けたこともあった。

大卒の社員は新入社員の頃に「研修」として数か月ほど一緒に働くこともあったが、いつのまにか別の部屋で事務仕事をするようになる。十年以上も後から入った年下の社員に、仕事の指示を出されることもある。彼らはあっという間に主任、課長と偉くなっていく。給料の格差だって、かなりのものであったろう。それは見て見ぬふりをした。

入社当時からずっと感じていたことだったが、これからもずっとこうした場所で、厳然たる格差のある企業というオリの中で、定年までずっと働き続けることが、私にはどうしても我慢できなかったのだ。

上司に相談したが、当然反対をされた。

「ここで働いていれば、一生、生活の心配はない。世の中、そんなに甘くはないぞ。定年までがんばれ」

しかしそうは言われても、一度揺らいだ心は、元には戻すことができなかった。

「もう、人に使われて働くのはイヤです。焼鳥屋でもなんでも、自分で商売をしようかと思います」

こう言うと上司や仲間も、仕方ないというようにあきらめ半分で納得してくれた。

川鉄を覚悟の退職

本気でがんばれば、たとえ川鉄を辞めても、妻や子どもに苦労をさせずになんとかやっていけるだろう。まだ三十代になったばかり。人生をやり直すなら今しかない。そう思い出したら、自分の気持ちを抑えられなくなった。

自分で言うのもなんだが、私はそれなりに人とコミュニケーションを取るのはうまいほうだと思う。人間関係で苦労したことはそれほどない。人に使われるのはもうたくさんだ。どうせなら、自分で商売でもしてみようかと思い至る。そう考えてみると、東京を中心とする首都圏では、どんな仕事でもライバルが多くて大変だろう。どうせ一からスタートさせるなら、地元の熊本でやってみようではないかと考えた。

仕事帰りにたまに寄る飲み屋の中に、全国規模のチェーン店があった。こんな店をやるのもいいかもしれないと思い立ち、都内の本部まで訪ねていった。

「自分はこれから熊本に帰ろうと思う。熊本でお店を開かせてもらえないか」

「熊本にはまだお店はないから、ぜひ出店してください」

面談してくれた部長は大乗り気で、そう言ってくれた。

しかしよくよく考えてみると、自分にはお店を経営した経験もない。熊本に一軒もないというのは、こちらのように「あっ○○○だ。入ろう」というような知名度もないということになる。チェーン店のフランチャイズ店を開くには、契約料も必要だと聞いて、結局はあきらめた。

だが、行動しながらいろいろと考えているうちに、どんどん気持ちは本気になっていく。よし、覚悟を決めた。具体的な仕事は後で考えるとして、とにかく熊本へ戻ろうと、まずは妻に告白する。

彼女にとっては青天の霹靂《へきれき》であっただろう。まだ結婚して一年あまり。家を建ててから間もない。ずっと千葉で暮らしていくものだと思っていただろう。妻は当然、自分の家族に相談する。するとみんな大反対し、彼女の母親などは、別れて子どもを連れて戻ってこいとまで言ったらしい。

それでも最終的には、一緒に熊本に行くことを了承してくれた。

まだ一歳ちょっとの幼子を連れて、見ず知らずの土地で暮らすのはどんなにか心細いであろう。しかも亭主は十年勤めた会社を辞めて、あちらで仕事を探すという。

それでもいつも前向きに「どうにかなる」と思ってくれる。結婚してからわかったのだが、楽天的な性格の妻をもらってよかったと、胸をなでおろした次第である。

もちろん母は、生まれ故郷に帰れるとなれば文句などない。多くの親族がいる懐かしい故郷。苦労をし続けた母が晩年、やっと故郷に戻り、そこを終の棲家にできれば、それもまた親孝行である。私も母も、そのときはそう思ったのである。

退職二週間前、職場の同僚四人とホルモン道場に行った。酒を飲みながら話がはずむ。

「南《ナン》ちゃん熊本帰って何をやるの？」突然久保が質問する。

「うーん、今のところ決まってないんだよ」「これからS．K．Kの商売がうまくいくと思うけどな……」「ええそれって何なの？」「SEX・健康・教育産業のことだよ」

中井が「健康食品なんてこれから先面白いかもね」。角田は「成功したら俺を呼んでよ」。「何言ってるんだ、計画も立てていないしたぶん無理だよ」ととりあえず答えておいた。

千葉工場でも、さまざまな出会いがあった。特に結婚式で仲人を務めてくれた末永総作業長、司会をしてくれた小林作業長は、共に工業高校の出身で化学に詳しく、多くのことを教えてもらえたことは感謝である。

退職時には同僚たちが盛大な送別会を開いてくれた。その中で酔った小林作業長が「阿南社長、がんばれよぉ〜」と大きな声で叫んだときには、さすがにどんな顔をしたらよいかと困ってしまった。みんなもニコニコ笑いながら私の顔を見る。

（う〜ん、やっぱりオレは社長にならなきゃ、マズイよなぁ）

そう心の中で思った次第である。

そして昭和四十五（一九七〇）年八月、買ったばかりの自家用車に妻と娘、そして母を乗せて一路故郷へと向かった。まだ東名高速道路が全線開通したばかりの時代であったから、遠路はるばるの旅路となり、途中、下関で一泊して二日間かけてたどり着く。途中で台風にも遭遇し、またまたこの先への不安が沸き起こるも、走り出した新たな人生はもう止めようがなかった。

さて、ここでちょっと余談である。

先日テレビを見ていたら、マツコ・デラックスさんがＪＦＥスチール株式会社の工場見学に行った番組をやっていた。千葉出身のマツコ・デラックスさんは、小さい頃からこの工場に興味があり、ぜひ見たかったのだと言っていた。

ＪＦＥスチールは、川崎製鉄が日本鋼管と経営統合してできた会社である。その工場とはすなわち、私が五十年前まで働いていた場所だ。その工場の中身を見て驚いた。ほとんどすべてがオートメーション化され、広い施設内にあまり人が見当たらない。おそらく多くの建物がすでに建て直されているのだろうが、天井も高く、床もピカピカで、なんときれいなことだろう。まったくあの頃の千葉工場の面影もない。あんなに多くの人が汗水流して働いていた場所が、今は近未来の世界のようにも見える。半世紀の時の流れを改めて実感した瞬間であった。

第三章

帰郷、営業マン走る！

――高度成長期の時代と共に

初めての営業

電話の消毒器を売る

昭和四十六（一九七一）年秋、三十四歳にして、再び故郷の土を踏む。

これまで生きるため、生活のため、そして家族のために働き続けてきた。故郷の熊本に戻れたのは、人生で初めての私の意志による決断であったのかもしれない。だが、意志はあっても現実はそう甘くない。この先どうやって食べていくか。家族四人の生活をどのように支えていくか。正直、まったくアテはなかった。しかし今とは異なり、日本は高度成長期の歩みを強くしていた時代である。健康な体と働く意欲さえあれば、どうにかなると、それほど不安には思っていなかった。

さて、どんな仕事をしようかと考えた。もう人に指示されて動くような仕事は嫌だという思いがあった。できれば商売をはじめたいと思ったが、自分はずっと大きな会社の歯車の一部だったから、一人で自分という歯車を回すには、まだまだ社会経験が足りない。そして営業で何か物を売るのなら、それなりに人と接するのは好きだったので、まずは営業をやってみようと考えた。

どんな物を売る仕事がいいだろうかと探す中で、電話の受話器に取り付ける消毒器の販売の仕事に行き着いた。当時は各家庭に電話が一台ずつ普及していった時代である。懐かしい黒電話の受話器の口元に近い部分、送話口にセットする消毒薬が流行していた。

電話で話すとき、送話口の部分には唾液がかかって雑菌が繁殖しやすく、またタバコ臭い息がかかって臭いがついたりする。送話口に、消毒薬と芳香剤を含ませた受話器消毒器を付けることで清潔さと快適さを提供する、というのがこの製品の売りである。

これはおもしろいと、東京の会社から大量に製品を仕入れて、各家庭への販売をはじめてみた。やはり経済や消費の最先端は東京であるから、東京で流行ったものが、地方へと派生していく。いち早く東京の動向をキャッチして地方に導入する。そこに地方でビジネスをする強みがある。今のように都会の情報も地方の情報も、同じように瞬時にインターネットに乗って広まる時代ではないから、知恵と行動力がものをいう。よし、いけるぞと考えて、ちょうど熊本市内に店舗付きの住宅を見つけて、一階を事務所にし、二階を住居にして仕事をはじめた。

一個百円の製品であったが、月に一回交換するので、お得意さんができれば固定客となって月々の収入は確実に増えていく。慣れない飛び込み営業であったが、予想どおり、熊本市内ではまだ他社の参入が少なくライバルもいなかったので、興味を持つ家庭も多く、順調に販売を伸ばすことができた。

これは一人でやっていてももったいないと、営業社員を募集することにした。しかし飛び込み営業という仕事は尻込みする人も多く、面接に来たけれどやはり無理ですと断られたりして、まったく人が集まらない。

困ったなぁと頭を抱えたが、いや、発想の転換をしよう。そうだ！　自分が他の会社に入って営業マンになり、そこで優秀な営業マンを引き抜こうと考えた。ちょうど化粧品会社が営業社員を募集していたので、採用の面接を受けるとすんなり合格し、社員になることができた。

商売はなかなか難しい

化粧品の知識が十分にあるわけではなかったが、やらねばならぬという思いが行動力を生んだ。アパートを見つけると端から順番にドアをノックした。出てきた若い女性に一つ一つの製品を一生懸命に売り込んだ。

今なら若い女性の一人暮らしなら、見ず知らずの男の訪問に、ドアも開けてくれないだろう。この時代はずいぶんおおらかだった。玄関先で話を聞いて、化粧品や乳液を一本、二本と買ってくれる女性もいた。けっして安い製品ではなかったが、中には月賦でフルセットで買ってくれる人もいた。

これも時代であったと思う。未来への不安よりも明日への希望があふれていた時代。美しさを求めて、自分に投資する女性も多かったのだ。

またそのとき自分で気づいたのは、なかなか営業の才能があるのではないかということ。私は少し押しの強いところもあるのだが、それが功を奏してか、なかなかの営業成績を収めることができた。会社には男女合わせて十七名の営業社員がいたが、自分で言うのもなんだが常に成績はトップの五本の指に入っていた。

ここで仕事を続けて三か月、営業のノウハウを学ぶことができたのは大きかったが、ここにとどまる気などサラサラない。私の目論見は優秀な営業社員をゲットすることにあった。目をつけたのは、自分と同様に、常に私と上位を競っていた若手の二人。共に二十代中頃と元気あふれる若者だった。

食事や飲みに誘って距離を縮め、ぐっと打ち解けるようになった頃、自分の本当の仕事を告白し、一緒にやろうと声をかけた。本人たちも乗り気になって、三人で退職した。

今になって考えれば、その化粧品会社は大きな痛手だっただろう。申し訳ないことをしたと思う。だがその頃は、自分が成功することが一番だったから、良かった良かったと大満足であった。

二人の若手のがんばりもあって、四か月ほどで契約数が千五百件になる。月に千五百個が確実に売れ、かける百円が最低限、毎月続く収入だ。さらに契約数を増やしていけばと胸算用して、これでしばらくは安泰とほくそ笑む。商売は自分が努力すればするほど、実になるのだからおもしろい。一度商売をはじめると、やめられないとはこのことかと思った。

しかし思うとおりに進まないのも商売にはありがちなことである。三人でやりはじめて五か月目に入った頃だった。注文しても製品が東京からなかなか届かなくなった。不安になって同じ製品を扱っている静岡の会社に電話をしてみた。

「ちょっと危ないらしい。あと一、二か月じゃないですか」

話を聞いてびっくりである。これはいかんと頭を悩ませたが、ズルズルと仕事を続けていては、大きな損害も出てしまうかもしれない。引き際も大事と、きっぱり会社をやめることにした。こうした決断の速さも、私の特性の一つだろうか。ウジウジと悩むよりは、行動することをとるほうが性に合っているのである。

社員に雇った若者二人には事情を話し、その月の給料に気持ちを加えて包み、頭を下げて辞めてもらった。これまでの事業は熊本の他の会社に譲ることにした。

まだまだ経営者としては甘ちゃんで、自覚がないと言われればそれまでだ。

ちなみにその頃、熊本市内の繁華街に、養老乃瀧がオープンした。そう、一度は店長を夢見た居酒屋である。もしかしたら自分がやっていたかもしれないと、気になって覗いてみると、いつも大繁盛である。こっちにしとけば良かったと思ってみても、後の祭りである。ただしその店も、十年ほどして気づいたときには無くなっていた。

栄枯盛衰、商売とはそんなものなのだろう。

母との別れ

私がそんなふうに、自分ではじめた仕事であたふたしていた頃、家庭でも一つ大きな出来事があった。千葉で暮らしていた下の妹が、母に戻ってこいと声をかけてきたのだ。

川崎製鉄に入社した妹は、そこで出会った同じ社員の男性と結婚していた。夫婦で会社の社宅に入りたいのだが、家族が多ければ広い部屋が借りられる、というのがその理由であった。最初は母も断っていたが、何度も連絡が入るうちに、少しずつ心が揺らいできたらしい。上の妹も、千葉で家族とともに暮らしていた。八年前とはまるで逆である。妹二人が千葉で暮らし、私が故郷の熊本にいる。人生とは不思議なものである。

もちろん私や妻はこのまま一緒に暮らしてほしいと反対した。母自身も私たちと一緒に暮らしたいというのが本音であったように思う。しかし妹の度重なる誘いに、ついに母も折れて、結局は妹たちの住む千葉へと行ってしまった。

せっかく故郷に戻ってこられたのに、母にはずっとこの地で過ごしてほしかったと、ちょっと切なく、悔しくもあった出来事であった。

その後、下の妹夫婦のところには、二人の娘が誕生した。妹は子どもが生まれても仕事を続けていたので、母が子育てのすべてを任されていたらしい。働き者の母であったから、頼りにされて、やるべきことがあったのは幸せであったのかもしれない。忙しくも充実した日々を送ったであろう。そして妹も、定年退職するまで川崎製鉄で働き続けた。私自身、一度は定年まで働こうと思った会社である。母の支えはあったとしても、高校を卒業した十八歳の時からずっと同じ会社で働き続けた、それはたいしたことであった。

母は九十三歳で、実の娘たちに見守られて亡くなった。葬儀のときには、母が我が子のように育てた孫娘たちが号泣していた。愛し、そして愛された血のつながる孫たちだったのだろう。

熊本、台湾、熊本、そして千葉へと転居しつつ、母はどこにいても強くたくましく、愛情豊かで働き者であった。私の母はやはり最後まで、この人であった。

広告営業でナンバー1に

さて、熊本で再び職を失った三十五歳の私は、これからどうしようと考えた。まだ小さな娘を抱え、妻は専業主婦である。当然のことながら、家族を養うのは自分の責任だ。九州に戻ることを賛成してくれた妻のためにも、無職でフラフラとしているわけにはいかない。自分で商売もいいがやはり安定した収入も欲しい。今の自分にできることは、やはり営業だろうか。

いろいろと考えながら新聞の求人広告を探していると、ある会社の求人に目が留まる。本社が福岡にある広報出版という会社の熊本営業所で、営業職の募集である。業務は地図の販売というが、その会社の営業とはどんなことをするのかと興味も湧いてきた。

熊本営業所に足を運び、説明を受ける。新聞ほどの大きさの市内の地図を作り、その周りのスペースに、このエリアの会社や病院などの広告を載せる。その広告取りが営業の仕事だという。固定給はないが、歩合制でたくさん広告が取れればそれだけお金も稼げる。ヨシ、営業ならどうにかなりそうだとここで働くことにした。

営業とは、歩くことである。地図に掲載されるエリアを丹念に歩き、広告を出してくれそうな店や会社を探す。地図を手にするのは、この近辺を利用する人たちだから、新聞などに広告を出すよりもよっぽど効果がある。それをアピールポイントに、人が多く利用する商売をしているところにターゲットを絞る。

まずは病院や開業医、歯科医院を訪ねた。さらに地元の商店、不動産など、次々に店を訪れて営業すると、おもしろいように契約が取れた。熊本営業所には、十二人の営業マンがいたが、気がつけばまたトップを競うようになっていた。

入社して三か月ほどして、福岡から会社の社長がやって来た。

「阿南くん、ちょっと寿司でも食べに行こう」

もちろん喜んで付いていく。酒を飲み、互いに打ち解けた雰囲気になると、社長が切り出した。

「なかなかがんばってもらえてうれしいよ。ぜひ所長代理になってほしい」

そのとき、営業所には所長のポジションは空席で、所長代理といえば営業所のトップである。しかも私より前からいる社員や、同時入社の営業マンの中にも私より年上の者も何人かいた。

「いやいや、無理です。私よりも年上の社員だっていますし……」

「そんなことは気にしなくていい。営業は実力の世界だからね。何かあったら私に電話すればいい。キミは売り上げナンバー1だし、気に入っているんだよ」

気に入られていると言われた以上、断るわけにはいかん。私の男気がムクムクと湧き上がり、その席で所長代理を受諾する。

「わかりました。がんばります」

こうしてトントン拍子、というよりも一気に、わずか数か月で熊本営業所のトップにのし上がった。やはり自分には営業の才能があったのかなぁ、などと思ったりもした。

所長代理に任命され、二日後からは朝礼をし、みんなでがんばろうとはっぱをかけた。成績が悪い営業マンには、時には叱り、またいろいろと相談にのって営業成績が上がるようにアドバイスもした。

ある日、ビルの隣の事務所の三十代くらいの青年から声をかけられた。

「お宅の事務員の女性は四人ともきれいですねぇ。一人、紹介してもらえませんか」

おいおい、そんなことのために所長代理があるのではない。

「そんなことは自分でやれ！」

青年に一喝すると、すごすごと引き下がっていった。

営業所には、営業マンの他に、事務作業をする若い女性が四人いた。たしかにみんな、器量良しで、性格もいい。妻子持ちとはいえども、やはり若くてきれいな女性たちと働くのは、仕事の励みになる。

やがて妻が二人目を身ごもって、次女が誕生する。どんな名前を付けようかと悩み、そうだ、若い女性たちの意見を聞こうと思い当たる。きっと今どきの、かわいい名前を考えてくれるのではないかと考えたのだ。

朝、彼女たちに相談した。

「夕方までに考えておきます」

笑顔で四人は答えてくれた。昼休みに相談しながら一生懸命に考えてくれたらしい。終業時間になると、彼女たちが私の席に来て一枚の紙を出した。そこには四つの名前が書かれていた。その中でもオススメはと尋ねると、うーん、と首をひねりながら言った。

「『美穂』なんてどうでしょうか」

なかなかいい名前である。長女は朋美であるから、美の字が共通なのも良い。ただ「穂」の字の画数が多いのがちょっと気になり、「美保」にすることに決めた。

家に帰り、妻に次女の名前は「美保」にした、と伝えた。

「あら、いい名前ね」

と答えてくれたので、それで次女の名前が決まった次第である。

かわいかった四人の女性社員たちとは、私が仕事を辞めてからは会うこともなかったが、たまに娘を「美保」と呼ぶときに、ふと彼女たちの顔を思い出すことがある。
そう言うと、妻や娘たちに怒られそうではあるのだが。

岩田屋伊勢丹・外商部

百貨店がやってくる

広報出版では、責任ある仕事も任され、業績も順調であったから、それなりに安定した仕事ではあった。しかし働きはじめて一年間も経たないうちに、なんとなく仕事にもの足りなさを感じてきてしまった。子どもも二人に増え、所長代理という肩書は良いにしろ、仕事に慣れるに従って、狭いエリアで営業活動をする地図広告という仕事に限界を感じてきたのである。

もう一つは、以前は川鉄で働いていた、という誇りがあった。自分で商売をするならまだしも、結局は小さな会社に収まってしまっていることが、なんとなく情けないようにも感じられてきた。こんなことをするために私は千葉の暮らしを捨てて熊本に戻ったのか。自問自答する日々が続いた。

そんなときに地元で大きな話題となっていたのが、熊本に新しい百貨店ができるというわさだった。熊本の中心街、熊本城の城下町ともいえる桜町周辺は、飲食店やさまざまな商店が軒を連ねる繁華街になり、また夜になるとネオンが輝く歓楽街でもあった。桜町のにぎわいの中心地の下通りアーケード街近く、熊本交通センターに隣接して、新しい百貨店ができるという。

時が経つに連れ、その実態が明らかになってきた。なんと日本を代表する百貨店の一つ伊勢丹と、九州トップの百貨店岩田屋が共同で岩田屋伊勢丹なる百貨店を誕生させるのだという。

これまで地元には鶴屋百貨店や大洋デパートがあったが、それをしのぐ超一流のデパートがいよいよ熊本にもできると市民たちが盛り上がりを見せていた。

さらに熊本の街が栄えることは嬉しかったが、私の興味はそれだけではなかった。自分が岩田屋伊勢丹で働きたいと思ったのだ。岩田屋伊勢丹なら一流の企業、それなら川鉄を辞めた自分にとっても誇れる仕事ではないだろうか。

着々と工事は進み、昭和四十八（一九七三）年十月のオープンが予定されていた。それより五か月ほど前の五月、新聞に求人広告が出る。もちろん私は販売員をやるつもりはなかった。これまでの営業の経験を生かし、外商の仕事をしたいと思った。

外商とは、特に高額の商品を多く買ってくれるようなお得意さんを見つけ、デパート内ではなく直接お客さんの許を訪ねて商品を紹介したり販売したりする、外回りの営業である。人と会って交渉することを得意とする自分には、ピッタリの仕事だと思った。

現在の会社で私と共に営業の仕事をしていて、成績も良かった自分より八歳年下の山崎くんを誘った。

「先々を考えるとやはりもっと大きな会社で働いたほうが良いと思う。一緒に採用試験を受けないか」

するとと彼も同様のことを考えていたようだった。

「一緒に受けましょう」

と言ってくれた。

二人で試験を受けたが、二十日ほどして出た結果は、私が合格。山崎くんは採用されなかった。彼のお母さんから電話が入り、「うちの息子はなぜ落ちたのでしょうか」と問われる。

そうは言われても自分は採用担当者でないからわからない。だが一つ思い当たることはあった。面接の時に私の履歴書を見て、面接官から問われたことがある。

「川崎製鉄時代に、仲の良かった人は誰ですか」

「そうですね、麻生くんです」

千葉の工場でよく一緒に飲みに行った仲間の名前を言った。

「そうですか」

面接官はそう答えただけであったが、その後に麻生くんに直接連絡を入れて、当時の私の仕事ぶりを聞いたらしい。それを私は、麻生くんからの電話で知った。

それから間もなくして、麻生くんがわざわざ熊本まで私を訪ねて遊びに来てくれた。名前を聞いて懐かしく思い、会いたくなってくれたらしい。

「いやあ、熊本に戻って商売をしていると思っていたから、岩田屋伊勢丹の採用担当者から電話があったときはびっくりしたよ」

「まあ、いろいろとあってな。なかなか自分で商売をするのは難しい。ここは一つ、新しい会社でがんばろうと思ってな」

「オレがちゃんと言っておいたからな。採用されたのはオレのおかげだぞ、感謝しろよ」

「ああわかった、恩に着るよ」

二人は笑いながらビールで乾杯。千葉時代の懐かしい話で盛り上がって旧交を温め、別れた。

さすがに今はこんな身上調査は行われないだろう。当時は人の信用は、やはり周辺の人からの評判が大きかったような気がする。学歴よりも人を見てくれたということであろうか。やはり社会はそうであると思いたい。

思わぬ物流課と組合活動

六月に岩田屋伊勢丹の採用が決まり、私はほどなく広報出版を退職した。百貨店がオープンするのは十月であったから、しばらく時間ができた。以前、何かの折に役に立つかと思い自動車の二種免許を取っていたことを思い出し、その間、タクシーの運転手として働いた。のんびりと休んではいられない。いつも体を動かし、働いていなければ落ち着かないのは、母からもらい受けた教えだ。

稼ぎのための仕事ではあったが、これが後々、大変役に立った。街を隈なく回ることで、熊本市内の地図がすっかりと頭の中に入った。前の仕事で各地を歩き回ったことと合わせ、町や道路にとても詳しくなった。外商の仕事でも社用車で町を走り回ったのだが、ほとんどの場所は地図を見なくても行けた。人間、どんな経験にも、役立つことがあるものである。

そして十月になり、期待を胸にして岩田屋伊勢丹に入社した。ところがである。私が配属されたのは物流課であった。仕事場は地下の駐車場。商品を搬入するトラックを誘導して、荷物のチェックをするのがその役割である。一日中地下にこもり、あっちへ行ったりこっちへ行ったりと、ネズミのように働かされた。

「話が違う！　自分は外商を希望して入社したのだ。こんなことをするために岩田屋伊勢丹を選んだのではないけん」

物流係長にくってかかる。

「まぁまぁ、阿南くん。オープンしたては業者の出入りが激しいから、キミみたいな人が必要なんだよ。ベテランがにらみをきかしてくれないとね。いずれ落ち着いて、若手でもやっていけるようになったら、外商に配属するから我慢してくれ」

キミが必要と言われれば、悪い気はしない。まぁもうちょっとがんばるかと自分を納得させることにした。

それからしばらくして、職場の仲間たちから組合の仕事をしてほしいと頼まれる。そんなの自分には向かないと断ったが、何度も頼まれるのでとうとう引き受けることにした。

最初は乗り気ではなかったものの、やるとなれば本気になるのが私の常である。組合では賃金対策をする賃対部長に指名される。社員の給料アップのための交渉をするのがその役割だ。

ある日、ホテルの会議室で冬のボーナスについて話し合われた。まだ百貨店はオープンしたばかりだったが、客足は順調に伸びていた。私の他に会議に集まった八人の内の二人が、まだ新設だから要求は難しいのではないかと意見を出した。

「馬鹿を言うな、九州ナンバー1の岩田屋と日本で二番目の伊勢丹が一緒に出資したデパートではないか。しっかり要求するべきだ！」

私が声を上げると、他の六人が賛同してくれた。冬のボーナスは、月給の三か月分の要求で決定する。会社側との交渉で、見事に満額回答となる。その夜、組合の委員長をはじめとする仲間たちと居酒屋で乾杯。なんとビールのうまかったことか。

花形の外商部で奮闘する

一年ほどして、やっと念願の外商部へと異動がかなう。百貨店にとって、外商部はまさに花形である。優良な顧客をゲットして、個人の力で売り上げを伸ばし、店の業績に貢献する。

岩田屋伊勢丹では外商部は十二の係に分かれていて、一係五名の男子社員と事務担当の女性一人の六人でグループを組む。その上に複数の係をまとめる係長がいる。私は五係に配属された。個人と法人に分かれていて、私は個人を担当した。

月のノルマは一人二百五十万円。これを達成しなければならない。一九七〇年代の話である。熊本の一般的なサラリーマンの給料が十万円前後の時代に、である。

それでも時代が良かったのだと思う。金持ちはたくさんいたし、消費意欲も旺盛であった。チマチマとした商品を売っていても効率が悪いから、高額商品を売り込むことに力を入れた。金の延べ棒、毛皮のコート、高級ハンドバッグ、着物、宝石などを、病院の医院長夫人に売り込むのが近道とばかりに、熊本市内のいろいろな病院に足繁く通った。

ご婦人たちにとっては、天下の岩田屋伊勢丹の外商が出入りしているのはまたステータスにもなる。快く迎えてくれたし、よく買ってもくれた。何人か、懇意にしてくれるお客さんができた。月末にノルマに届かないときなどは泣きつくと、それならと言って着物の一枚も買ってくれた。

あるときには、顧客の夫人の一人が私のために十万円もするスーツを仕立ててくれるという。もちろん百貨店の紳士服売り場に行って、サイズを測ってオーダー注文。女子店員の視線が気になり、恥ずかしかったことも覚えている。

とにかく、良いお客さんを捕まえて、高い商品を売りさばくのが仕事である。ノルマを達成するには、なりふり構っていられないというのが現実である。

こんな失敗をしたこともある。あるとき料亭の女将さんから宝石が見たいと連絡が入った。私は高額の宝石が数十個も入ったケースを持ってさっそく女将さんの許を訪ねた。あれこれ宝石を見定めて、結局気に入ったものがないということになったが、その後はお茶を飲んで話に花を咲かせ、それではと言って帰ってきた。事務所に戻り、宝石を金庫に戻そうと思ったら、あれケースがない。一気に血の気が引いた。中身の宝石の金額を合計すれば、数千万円はくだらない。

私は慌てて車に戻り、気もそぞろになりながら運転をして、料亭へと駆けつけた。息を切らしながら料亭の入り口を開けると、女将さんが大笑いしながらケースを持って出てきた。ここにあった、助かったと胸をなでおろす。

一生懸命ではあるけれど、ちょっとおっちょこちょいなところもある。そんな私の人柄も、お客さんたちには好まれたのかもしれない。気が緩んだわけではなかったが、時にはそんな出来事もあった。

組織という束縛に苦しむ

ノルマというのは、経営側に立てばなんて良い仕組みなのだろう。この金額を稼げと言われれば、社員はがむしゃらになってその目標を達成しようと思う。他の同僚に負けまいと、競争心も掻き立てる。

私も外商部に配属されてからは、毎日懸命に働き、月末になればノルマまであといくらと金勘定し、その達成に懸命になった。そうして三か月ほどした頃には、五係の責任者に任命された。しかしそうなれば、さらに求められるものは大きくなる。常に数字に追いかけられ、目標を達成する喜びよりも苦しさが増していくようにもなる。組織の歯車として、馬車馬のように働かされる。なんだか理不尽なようにも思えてくるのである。

あるとき、六係の責任者から声をかけられた。

「係長の誕生日が一週間後にあるので、みんなでお祝いをしましょう。阿南さんも出席してくださいね」

なんでいい大人の誕生会など開かねばならない。係長の誕生会をやるなら、他のみんなだって同じじゃないか。私はその係長とあまり反りが合っていなかったから、余計に気分が重くなった。上司の顔色をうかがって、何がそんなに楽しいのだろうか。そう考えてしまう自分が、普通ではないのだろうか。そのときにやはり、自分はつくづく会社勤めが向いていないようだと思うに至る。

それからしばらくして、第一回目の主任試験があると告知された。これに受かれば責任者から係長になることも夢ではない。だがそこでもう一度、私は立ち止まって考えることとなった。自分はこの会社で出世することが人生の目標なのだろうか、と……。

お金持ちの人たちのご機嫌をとって、必要ないかも知れぬものまでも、買ってほしいと頼み込む。声をかけられればいつでも飛んでいき、仕事以外のことでも愛想よく付き合わされる。そんな仕事をこのままずっと続けていては、自分は人としてダメになるのではないかと考えた。

また、嫌なうわさも聞いた。他の係では帳簿を操作して売上額に上乗せをしてノルマを果たしているように見せかけたり、テナントとの付き合いで売り上げをもらっていたりするというのだ。私も五係の責任者になってからは、他の係はライバルと考えて、負けるな、追い越せと仲間を引っ張り、がんばってきた。しかしいつも月締めの最後の週近くになると逆転されてしまう。どんなに努力しても五係がトップになることはできなかった。おかしいなぁとは心で思っていた。しかしそんなカラクリがあったのなら、真面目に努力していた自分たちはなんだったのか。バカバカしくもなってくる。

岩田屋伊勢丹という肩書と、週休二日の恵まれた労働環境、給料も人並み以上にもらっていた。他人から見れば何をわがままを、と言われることだろう。しかし自分で納得できなければ、やはり仕事は続かない。

自分できっぱり退職する覚悟を決めて、妻に話す。

「お父さんは自分で決めたら、人の言うことは聞かないからね」

さすが女房。私のことは全部お見通しだ。反対したところで無駄。故郷を離れて、家族以外は誰一人知らぬ熊本に来て、二人の娘を育て、さらに数年ごとに職を替える夫に付いてきた。すっかり腰の据わった女になった。やはり母は強しである。

妻の顔を見ながら、家族には苦労だけはさせまいと改めて心に誓い、三年ほど勤めた岩田屋伊勢丹を退職した。

事典を抱えて島を巡る

百科事典の営業マン

退職したときには、次の職のアテはなかったが、これまでの営業の技はどこででも通用するだろうという自信はあった。しかしもう人にあれこれ言われる仕事はしたくない。再び新聞の求人欄とにらめっこである。

ある日、これは面白そうだと思ったのが、子ども向けの学習百科事典を売る仕事だった。小学生に人気だった『科学と学習』など、知名度の高い学習教材を出版している学習研究社、学研の代理店の募集である。社員として勤務するのではなく、全額出来高払い。自分の力だけで勝負できることにやりがいを感じた。

お金持ち相手に高額商品を売る仕事にほとほと疲れてしまっていたからかもしれない。子どもの学習のために、社会に役に立つ仕事だということにも魅力を感じた。その頃は戦後すぐに生まれたいわゆる団塊世代が次々と結婚し、第二次ベビーブームが始まっていた。子どもたちがどんどんと増えて、学校でも校舎が足りず、校庭にプレハブの校舎が建てられるような時代であった。また日本人の生活にもゆとりが生まれ、子どもの教育への意識も高くなっていた。私たちの子ども時代とはまったく違って、学歴を重視し、子どもたちを大学まで行かせたいと考える、教育熱心な家庭も多かった。これは勝算ありと踏んだのである。

学研が販売する学習百科事典は五万八千円もした。お父さんの月給の半分くらいであろうか。家庭にとっては大きな負担だが、それを見込んで、一括払いだけではなく、月賦にしてもよいことになっていた。私たち営業部隊には、一セット売ると五千円がマージンとして懐に入る仕組みであった。

またしても今の時代とは大きく異なるのだが、まず営業をかけるエリアを決めると、その学区にある小学校を訪ねる。もちろんそこの校長先生に学研の百科事典を販売するのではない。名簿をくださいと頼むのだ。そうすると「はい、どうぞ」と当たり前のように渡してくれた。

個人情報など、誰も気に留めない時代だったのだ。子どもたちの住所も電話番号も簡単に手に入った。今であれば大問題であろう。世の中とはおもしろいものである。

名簿をもらうと、私はまずそこに書いてある名前をノートに書き写して、住所を頼りに一軒一軒訪問していった。市内の中心部では、すでに営業マンたちが売り込みに必死であったから、競合するのは避けたい。彼らがまだ足を運んでなさそうな場所をターゲットにすることを私の戦略とした。

島を巡って営業活動

最初に行ったのは天草である。天草といえば天草五橋である。戦前から熊本県の宇土半島の先端、三角《みすみ》から、天草諸島の島々を橋で結ぶ構想が生まれ、昭和三十七（一九六二）年に着工。四年後の昭和四十一（一九六六）年に完成した。今も熊本が誇る観光スポットの一つである。私も大好きな土地で、この美しい場所を妻にも見せたくて、新婚旅行でも訪れたのである。

今もたまに家族で訪れるのだが、新鮮な魚料理が食べられ、風光明媚な場所である。熊本を訪れる機会があれば、ぜひ足を運んでいただきたい。

熊本県民自慢の天草五橋であるのだが、そのときはなぜか天草まで船で渡ったことを記憶している。その理由に関しては記憶がない。

まずは小学校へ行って名簿を入手し、旅館で二泊の予約を取る。こうした地方の農漁村では、のんびり専業主婦をしている母親は少ない。昼間、家を訪ねても、留守かおじいちゃんおばあちゃんがいるばかりで、話にならない。だから昼間はふらふらと島内を巡り、夕方からが勝負である。

名簿をもとに小学生のいる家庭を一軒ずつ訪ねると、わざわざ熊本市内から来たのかと、多くの家庭は家に上げてくれる。これも今では考えられない。さっそく見本の百科事典を取り出して見せる。

「お子さんの勉強に、必ず役に立ちます」

こう話すと、親よりもまず子どもたちが興味を持つ。

「絶対欲しい。ぼく、これで勉強するよ」

子どもたちがそう言えば、親たちの心も動く。五万八千円は一般家庭にとっては大きな買い物だ。それでも子どものためとなれば「わかった」と言うのが親心だろう。教育熱心な親も多かったということだ。多くは分割払いであったけれど、無理してでも我が子に良い教育をという思いが伝わってくる。

ここで私は少し営業のためのテクニックを使った。名簿からノートに書き写した名前に、成約した場合は赤字で大きく「決」と書いた。それを不自然でないようにちらりと見せる。思わず覗き込んだ親や子どもが、◯◯ちゃんの家も買っているとわかる。ちょっと迷っていた親も「それなら我が家も」ということになる。人の競争心をうまく引き出すための作戦である。

これはなかなか効果的ではあるものの、ちょっとつらい思いをしたこともある。

他の島を回っていたときのことだが、ほとんどの家で成約が決まり、さてもうあと何軒というときだった。訪ねた家は、かなり貧しい暮らしのようだった。それは家の様子を見てすぐにわかった。同じように話をしても、「うちはちょっと」と親も困り顔になっていた。早々に退散しようと思っていたとき、子どもがそのノートを見てしまった。「決」の字が、ずらりと並んでいるのを見て、「ぼくも欲しい」と泣き出してしまった。

だからと言って、買えるわけではない。親は申し訳なさそうに私を見た。このときは心がギュッと摑まれるような痛みを感じた。私の子ども時代も、こんな風に人より貧しい暮らしをしていた。子どもにとってもつらいことなのだが、そうした思いを子どもにさせる親はもっとつらいのだ。その気持ちがよくわかったから、こちらも申し訳ない気持ちでそそくさと家を後にした。かわいそうなことをしたと心が痛んだ経験である。

三十年ぶりの再会

ともあれ、一セット売れれば我が身に入る五千円。手付けでもらえるお金は、五千円分はそのままこちらにもらってよいことになっていたから、契約が一つまとまるごとに現金が増え、遠方に出向いても楽しかった。

同僚と一緒に石垣島に行ったときだ。十日間の予定で民宿に世話になり、夕方から家々を訪ね歩く。このときもなかなか好調で、一晩で三軒、五軒と契約がまとまる。するとどんどん懐が暖かくなる。民宿のおばちゃんに「夕飯はいらないよ」と言って、九時くらいまで営業の仕事をして、そのまま町の飲食店に繰り出して、上等の泡盛を飲み、伊勢エビ料理まで食べて贅沢三昧をしたこともある。

島の人々はおおらかである。そして酒も強い。私が訪ねていくと、とにかく上がれと招き入れ、泡盛の杯を酌み交わすこともあった。私も酒は嫌いなほうではなかったから、ついつい仕事を忘れて飲み続け、腰を落ち着けてしまう。

(今日は五軒回るつもりでいたが、まあ仕方ない)

心の中でそう思っていると、親父さんが上機嫌で言う。

「あんた、なかなか気に入った。ヨシ、事典買うぞ」

ほとんど内容の説明もしていないのに、一言そう言って契約成立、乾杯。そんなこともあったりした。

このときは十日間でなんと二十万円を稼いだ。とりあえず家に半分を送金した。十万円でも当時のサラリーマンの給料相当だから、それを十日で稼ぐとは、妻もびっくりである。

何日間か出張に出れば、まとまったお金が送られてくる。順調なときには、百貨店でもらっていた給料の三倍以上の収入になることもあり、妻も喜んでくれたと思う。

やはり営業は、汗水たらして歩き回ってこそのものである。みんなが面倒がって行かないような場所にこそ、勝機はあるのだと考える。特に島はほとんど他の営業マンが足を運んでいなかったから、なかなか効率よく契約が取れる。そこで奄美大島、沖縄などの島巡りをして、予想以上の売り上げを伸ばした。

家を空けることは多かったが、いろいろな場所に出かけてたくさんの人に会い、美味しいものも食べ、現金収入もあったから、なかなか充実した時間であった。

このとき、意外な出会いもあった。

熊本市の郊外の村へ出かけたときだ。やはり最初に小学校へ児童の名簿をもらいに行った。事務室に声をかけると、校長室に案内された。ドアを開け、立ち上がった校長先生の顔を見ると、何やら見覚えがある。なんと小学校六年生のときの担任の先生だった。

「お久しぶりです。阿南です。野津小学校でお世話になりました」

「おお、阿南くんか、覚えているよ。なんだ、今は学研の仕事をしているのか。ずいぶん立派になったなぁ」

そう言って手を差し出し、二人は握手をした。あれから三十年以上の歳月が流れている。私はクラスの中でも特に貧しい暮らしをしている児童の一人だったと思う。勉強が特にできたわけでもなかったが、時にひょうきんなことをしてクラスを笑わせたりしたこともあった。

三十年という歳月は、終戦から高度成長期へと目まぐるしく変化していく時代であった。その中で、もがき、苦しみながら自分は成長していった。先生はずっと変わらず熊本で、たくさんの子どもたちを育ててきたのだろう。すっかり白髪が増えた先生の姿に時の流れを感じたが、目を細めて私を見る先生にも、同様の思いがあったのかもしれない。

今はしっかりと地に足を付け、自分の力で稼ぎ、家族を養っている。その姿を偶然にも子ども時代の恩師に会い、見せることができて本当に良かったと思った。

しかし一年半が過ぎた頃から、次第になかなか契約が取れなくなってきた。いくつかの出版社が同様の百科事典を販売するようになり、ライバルが増えた。私自身も最初に入った代理店で知り合った先輩から誘われて、学研から同様の百科事典を売る会社に移籍していた。営業マンが増えたこともあったが、もう一つの理由として、ほとんどのエリアをすでに回り終えてしまったこともあったのではないだろうか。しかしどこの家庭でも初めてのことだから検討するし、購入の意欲が高い。最初はどこの家庭も兄弟が多かったから、お兄ちゃんやお姉ちゃんが購入すれば、それ以上は必要ない。各家庭に一セットあれば十分である。

今までのように効率よく契約を取ることが難しい。このままやってもなかなか今までのような結果は期待できそうにない。そろそろ潮時だと決断した。

当時は一つの会社に勤めていれば、給料は右肩上がりで上がっていく。よっぽどのことさえしなければ、クビにもならないし、給料も下がらない。じっと我慢で定年までいれば、退職金、年金もしっかり入ってくる。しかし私はそうした安定を捨てたのだ。常に今を最高のものとして、全力で走り続けなければ、自転車のように止まった途端にパタリと倒れてしまう。先を見る力も必要である。この先、今よりも悪くなると予測ができれば、ハンドルを切って、方向転換をすることも大事だろう。

千葉を離れて八年。いつの間にかそんな才覚が身についたようにも思う。

第四章

七転び八起きの経営者人生

——平成の荒波に浮き沈み

経営者人生はいばらの道

建設業に参入する

中学を卒業した十五歳のときから、数えれば途中のつなぎで働いたタクシーの運転手も含めると、十もの仕事を転々とした。若き時代には工場で働き、故郷の熊本に戻ってからは主に営業の仕事を生業にして生き抜いてきた。

気がつけば自分も四十二歳。若い、まだまだこれからと思っていたが、人生も中盤に差し掛かってきたことを自覚する。そろそろ原点に立ち返り、これから自分はどう生きていくべきかと真剣に考えてみた。

人に使われるのはもう嫌だ。これは先にも思い、独立した立場で営業ができる百科事典の販売を選んだ。だが他人が作ったものを売るのは、人のふんどしで相撲を取るようなものだ。それなりに人生の経験も積み重ねてきた。そろそろ自分で会社を興したいと考え、いろいろな人に相談をした。

「営業ができるほど強いものはない。屋根瓦や外壁の塗装などの注文を取って、職人を使ってみたらどうか」

ある人から受けたアドバイスに気持ちが動く。なるほど、面白そうだ、よし、やろうと即断した。

せっかく自分で仕事を選ぶのだから、面白そうだ、やってみたいと思うことは肝要だ。そうでなければ踏ん張りは効かない。生きる、仕事をするとはそういうことではないか。そうでなければ安定した大企業で、指図されて仕事をする道を選べばよいのである。私はそちらの道を、自分の決断で途中で降りた。これからは自分の感覚を頼りに、後悔なきよう進めばいいだけのことである。

悩むときはいろいろと考えるのだが、これだと決めれば行動は早いのが私の性分。それが私の良さであると自分では思っている。時として墓穴を掘ることもあるが、とにかくそれが性格であるから、直せるものではないけれど。

とはいえ建設業はこれまでまったく縁のなかった世界である。この年で新しい業界に入ることに不安がなかったわけではない。ただこれまで磨いた営業力を頼りにするだけである。とにかく素人であることには間違いないので、まずは勉強と、知り合いの塗装会社の社長に頼み込み、いろいろと指導をしてもらった。

建設業といっても、私は職人としての技術を持つわけではないから、自分が直接ものづくりに関わるわけではない。私の武器は営業力である。営業力とは、お客さんに信頼をしてもらうことでもあるから、正しい知識が必要だ。瓦の種類、特徴、傷み具合の見分け方、修理の方法などをしっかりと学んだ。

熊本の戸建ては瓦屋根が多い。九州では自然災害といえば主に台風である（当時は地元の人たちはみんなそう思っていた）。この地域で風雨に強い家を建てるなら、屋根素材には、ある程度の重みがある丈夫な瓦が適しているのである。一般的に瓦といえば石州瓦や三州瓦などの日本瓦が有名であるが、この地域はセメント瓦の発祥の地でもあり、セメント瓦が多くの家で普及していた。

高級な日本瓦は、塗り替えの必要性がなく、耐久性がある。それに対してセメント瓦のメリットは、形が均一で隙間ができにくく、風の影響を受けても日本瓦に比べてずれにくいことにある。そのため台風の多い九州地方では、日本瓦よりセメント瓦が好まれる傾向にあるようだ。

セメント瓦は、本瓦と比較すると軽量で低価格であるが、時間が経過すると紫外線などの影響を受けて、塗装が剝がれて劣化しやすい。場合によっては破損したり雨漏りの原因などにもなるので、定期的なメンテナンスが必要である。

町の周辺を見渡せば、建ててから数十年という家や、瓦の塗り替えが必要と思われる家が多くあった。瓦についての知識を得たことで、ここにはチャンスがあふれていると、営業魂に火がついた。

まずは瓦のウレタン塗装の営業にチャレンジすることにした。住宅の多いエリアを見つくろって、町を歩く。顔を上げ、一軒一軒の屋根をチェックし、これはメンテナンスが必要と思う家に、飛び込み営業をした。最初はしどろもどろなこともあったが、何軒も訪ねているうちに段々とコツを覚えてくる。

やはり十年近い営業経験は無駄にはならなかったようだ。そのうちにこの道何十年というような貫禄振りで、瓦工事の説明ができるようになる。「プロにお任せくださ い」と自信たっぷりの笑顔が出る。あっという間に五件の受注が取れた。

この五件の工事は指導を受けた社長にお願いし、いよいよ自分で独立できると算段する。さあ、これで自分もやっと経営者になれると胸が躍った。

念願の会社設立

最初はお世話になっている社長のいる会社の片隅に、机と電話を置かせてもらい、事務所とする。そして「有限会社　九州住設産業」と社名を決め、会社設立の手続きをした。昭和五十七（一九八二）年のことである。

今はまだ小さい会社だが、将来は九州エリア全域で、瓦のみならず、住まいにまつわるさまざまな工事を請け負う会社にしたい。そんな思いを込めて社名を付けた。現状は、セメント瓦の塗り替えを中心に、本瓦の葺き替えなども含めた瓦工事と、合わせて外壁塗装なども行う会社とした。

私が仕事を取るとして、実際に現場で働く職人たちを集めなければならない。どんなに仕事を取ってきても、きちんとした工事ができなければ、評判が落ちて先細りになることは間違いない。反対に良い職人さえ集まれば、自然と評判が広まって、仕事が増えていくものであろう。経営者にとって、人は財産である。

新聞で募集すると、多くの採用希望者が集まった。面接を重ねて吟味して、信頼できそうな人物を塗装職人四人、作業員二名採用した。

いよいよ社長として、経営者としての人生がはじまる。ここまで来るのに時間はかかったが、やっと独り立ちというところだろうか。これまで何度も新しいチャレンジをしてきたが、このときほど心が高揚したときはない。もちろん経営者というのは、自分一人でなるものではない。社員を抱え、社員たち、さらにはその家族の生活までも責任を持たなければならない。荷は重い。でも、だからこそのやりがいもある。私はそれを背負いたかった。そして今、ついにそのときが来たのである。「よし、やってやろう」という思いを強くした。

会社の体制が整うと、市内東バイパスにある三階建てのビルの二階に事務所を借りてリフォーム業をはじめた。屋根工事・塗装・大工工事を主な事業としてスタートしたのだ。トラックなど必要な機材や道具を揃えなければならず、当初は大きな出費が重なった。それでも契約を一つまとめれば、数十万、百万といった売り上げになる。今までやっていた仕事とは、ゼロが一つ、二つ違ってくる。さらに自分の会社であるという思いから、いっそう力が入っていった。

工事の注文があっても現金取引（材料取引先）なので大変である。あるスーパーで買い物をしてたとき、外商時代の鎌本君と偶然出会った。「あれ久しぶり阿南さん」「ああカマちゃん、今何やってるんだ?」「清掃会社を経営してるんですよ」「俺はリフォーム会社を経営してるんだけど材料仕入れが現金取引きなので大変だよ……」「ああそうなんだ、大学の同級生が三州瓦の営業所長をしてるので紹介しましょうか?」。その後OKとなり、月末〆の翌月払いとなった。以後、木材・金物・サッシ・他取引が可能となった。

やはり営業力が会社の基盤を支えていく。仕事が入らなければ、職人を働かすこともできないし、給料を払えない。そこでさらに営業社員二人を雇い入れ、私と三人で営業力を強化した。

熊本県内は、ほとんどといっていいほどの地域を回った。最初の頃は上を見上げて一日中歩き回っていたため、夕方になるとパンパンに首と肩が固まってしまった。これではあまり効率がよくないと気づき、途中から車に乗って営業に回るようになった。

車を運転しながら家の屋根をチェックしていくのである。だんだん目も肥えてくると、それほど速いスピードで走らなければ、塗装が必要そうな家の屋根が、ぱっと目に入ってわかるようになってきた。もちろん安全運転を心がけながら、である。これで一日に回る地域が格段に広がった。

郊外の農家の多い村を回っていたときである。広い敷地にどっしりと構えた日本家屋が多くあり、瓦修理が必要な家はないかと探しながら気づいたことがあった。ほとんどの家では、窓に網戸が付いていなかったのだ。そこで私はふと思った。せっかくいろいろな場所を回っているのだから、瓦修理の営業のついでに、網戸の取り付けも請け負ってみたらどうだろうか。人間、ひらめきが肝心である。

網戸を作る専門業者を探し、交渉をした。

「こちらで注文を取りますので、発注したサイズで網戸を作ってくれますか」

「それなら喜んでやりますよ」

話がまとまり、それからは屋根や外壁だけでなく、窓もチェックしてみる。こちらも外観を見れば一目瞭然で、わかりやすかった。当時はまだサッシの窓がほとんど普及していなかったため、網戸のない家も多かった。狙いを定めて訪問すると、ぜひ付けてほしいという注文が思った以上に取れた。

さっそく窓のサイズを測ってノートに書き留め、その日に取った注文はまとめて夜に、民宿などから電話をして、業者に注文した。網戸が出来上がると再び家に訪問して、網戸を取り付けるまでが仕事である。

大きいものでは一枚七千五百円だったと記憶している。地方の家は大きく間取りも多いため、一軒で五枚、十枚と注文を取れることも多くあり、これがなかなかの儲けになった。ただ本業が忙しくなり、網戸の仕事は一年ほどでやめにした。

新参者ではあったけれど、本業の瓦の塗装や修理の仕事は順調であった。どんどんと仕事が増えて、二年後には従業員が十五名ほどにもなった。業績が良ければ力も湧く。しばらくは活気ある毎日を過ごしていた。

そんなある日、リフォームの営業で戸別訪問中に一人の営業マンと出会った。彼は自分より三歳年下だった。公園が近くにあったので、芝生に座り話がはずんだ。

「法政大学を出てライオン油脂に勤めてたんだけど、『長男なので帰って来い』と父に言われ、仕方なく帰ってきたんだけどなかなか職に就けなかったんだよ。『大学出はもったいないから他を見つけてください』って。二件応募したけど同じようなことを言うんだよな……」「ふーん、両親は？」「教員してたんだよ」「じゃあ年金だけで食えるよな……」「それはそうだけど、遊んでるわけにはいかんからなあ。俺、飛び込みは苦手だけど阿南さんについて行くから教えてよ」「大卒は無理だよなあ……笑」

その後電話があり、知人、友人と飛び込み営業をし、小使銭くらいは稼いでるとのことで安心した。

それから長い年月が経ったある日、彼と久しぶり焼き鳥屋に行くと、「今少し体の調子が悪いんだよなあ……」と言う。「じゃあ早く医者にみてもらわなくてはだめだよ」「医者は嫌いだよ」「俺、ちょうどオシッコを調べる試験紙を持ってる」。そう言って調べると、黄色の試験紙が濃いグリーン色に変色。「これはまずいよ。酒は飲んだらダメだ。病院に行かなくては」と進言するも行かなかったみたいで、三か月後家で倒れ、六十三歳で亡くなってしまった。

また、会社設立して十か月過ぎた頃、東京から一人の営業部長が我が社を訪れ、キダチアロエ販売の依頼があった。以前から健康食品に興味があったので、「営業してみます」と返答し、県内にある千代の園（酒造会社）、弘乳舎、他二件営業した。担当者は、関心はあるが決断は出さないのである。

私は、弘乳舎の担当課長に、「アロエヨーグルトなんかこれからいいんじゃないですか」と勧める。「確かにいいかも」と少し乗り気になったが、やはり決断は無理そうである。

そしてその六年後、アロエヨーグルトや石けん、その他いろんなアロエ商品が世の中に出廻ったのである。

※今、自分は浜ちゃん（セブンイレブン）のコンビニで、はちみつ黒酢の箱入りとアロエヨーグルトを購入し、毎日飲食している。

親分肌の経営者哲学

先にも書いたが、この仕事では会社の評価は職人がすべて、というところもある。近所の評判、口コミは、意外なほど影響が大きい。悪い評判でも立てば、いつの間にかそのうわさが広まってしまうから怖いものである。腕の良い職人を抱えることが、会社の良し悪しを決めるということは十分に自覚していた。私自身は職人としての経験はないが、その分、人として信頼される経営者でありたいと考えた。

職人というのは、自分の腕一本で勝負する者たちである。そうした自信があるからであろうか。ひと癖、ふた癖ある者も多いと思う。正直に言うと、ちょっと気が荒かったり、協調性がなかったりと、一般の会社のような組織ではなかなか続かないだろうと感じられるような者たちもいる。組織に属するのは苦手という意味でいえば、私も似たようなものであるから、他人のことをとやかく言える立場ではないかもしれないが。

ただ仕事である以上、しっかりとやるべきことはやってもらいたいと思うのは、経営者として当然のことであろう。だからといって、頭ごなしではいけない。人の上に立つ、というのはとても難しい。

職人たちとは、人間同士の付き合いを大切にした。経営者と従業員という関係ではなく、互いに平等、言いたいことが言い合える。どちらかといえば家族に近い関係でありたいと考えていた。

さまざまな事情を抱えて私の会社にやってきた者もいたが、できるだけのことはした。住むところがないと言えばアパートを借りてやり、保証人にもなった。お金がないと言えば前払いで貸してやった。家庭の悩みがあると言えば酒を飲みながら話を聞いてやり、家まで行って夫婦喧嘩の仲裁をしたこともある。若い頃はかなりヤンチャをしていたという者もいたが、今、真面目に仕事をしていれば、そんな過去など気にしなかった。

職人の中に一人、十代の頃は暴走族の頭だったという青年がいた。だが私の会社では妻と子どもを抱えて、しっかりと働いていた。さすがに一本筋が通った性格で、律儀だし、統率力があった。年上の職人もいる中で責任者を任せると、目上の人にはきちんと礼儀を尽くしつつ、言うべきところはしっかりと言い、よくまとめていた。人間力がある。さすがだなぁと感心したものである。

自分でも意外だったのだが、こうして経営者になってみると、川鉄で働いていたときの経験がいろいろと役立った。一つには責任者に昇格する際に受けた研修がある。チームのまとめ方、部下との接し方、業務上のトラブルへの対処法など、リーダーになるための技能を学んだが、ふとそうした内容を思い出して、会社の中で生かすことができた。大企業にいたからこそ得られた知識であり、今になって感謝である。

また、川鉄では「4S運動」というものがあったことも思い出した。整理・整頓・清潔・清掃である。当たり前のようであるが、それを目標として明確にし、実行することは、特にものづくりを行う仕事では、とても肝心なことである。これも同じように事務所内に大きく書き出し、全員で実践できるように心がけた。

職人に持ち逃げされる

スタートは順調で、仕事も取れ、従業員も増やして拡大路線を突っ走っていたが、徐々に雲行きが怪しくなった。主業務だった瓦のウレタン塗装の契約がなかなか取りづらくなったのだ。

ウレタン塗装は、まず瓦を洗浄して、それから下塗り、専用の塗料を二度塗りする。当然のことながら丁寧な職人技がものをいう。しかし雑な仕事をするいくつかの業者があって、そうしたうわさから業界全体の評判が落ちたことも影響があったように思う。

今までの経験からも、当初は順調であったものが、なかなか契約が取れなくなる時期というものがあるというのもよくわかっていた。商売、そんなにいいときばかりとは限らない。しかし今は自分で会社を経営する身である。ダメなら他へと変わり身をするわけにもいかない。

ここは何か突破口を開かねばならない。いろいろと考えて、今までの経験を生かしつつ、業務を拡大することを考えた。どうにか踏ん張っていたところ、増改築の仕事をしないかという声がかかった。なるほど、大工さえ確保できればできるかもしれない。仕事が取れれば、かなりの売上アップにつながりそうだ。欲が出た。営業をかけてみたところ、一気に三軒の注文が取れる。

ヨシ、挽回のチャンスがきたぞ！　天は私に味方した。そう思った。さっそく知り合いのツテを頼り、腕の良さそうな大工を紹介される。話を聞くと、なかなかしっかりした大工だ。彼が親方になり、すぐに若手の大工を五人ほど集めてくれた。三軒の工事がほとんど同時に進行することとなった。

その親方が材料の手配も任せてくれと言うので、こちらはまだ増改築には素人であったから、ここは任そうと内金として二百万円を渡した。三日ほどして、他にも人手がいるから、あと百万円欲しいと言う。

ちょっと不安に思ったが、これからこの仕事を続けていくには親方の力が必要である。新しい仕事には投資も必要と覚悟を決めて、言われたとおりに百万円を渡す。

その二日後のことであった。事務所にいると、大工が来ないと発注元の家から電話が入る。あわてて現場に駆けつけるが、職人が誰もいない。もう一軒の現場にも、さらに次の現場に行っても、人っ子一人いないのである。

当時は携帯電話などない時代であるから、とにかく町を駆けずり回って親方を捜した。知り合いにも声をかけて捜すも、見つけることができない。冷や汗が流れるが、どうにもこうにもなすすべもない。

結局、三百万円を持ち逃げされた。計画的な犯行であったと思う。

まさかこんなことがあるのかと思った。この業界ではなくはない話であったが、まさか自分の身に降りかかるとは想像もしていなかった。会社の運転資金であった三百万円をごっそり持っていかれた。それだけではない。すでに三軒の増改築の工事を契約していたから、その工事は自分の責任としてやり遂げなければならない。お客さんには罪はない。

知り合いを頼って頭を下げて、どうにか大工を集めてもらい、工事は滞りなくできるように工面することができた。ほっと胸を撫で下ろしたものの、その先にはもっと大きな問題が立ちはだかっていた。

金である。三百万円を失って、さらに三軒分の増改築にかかる材料費や職人の日当。まとまった金がどうしても必要である。もともと経営が厳しくなり、藁をも掴むつもりではじめた仕事である。すでに会社のお金はほとんどない。困った、困ったと頭を抱えた。

まさに天国から地獄である。堅実に仕事をしていればよかったものの、欲を出したのがいけなかったか。そう自分に問うてみても、なんの解決にもならなかった。

長女の優しさたくましさ

経営というのは、一度つまずくと立て直すのは予想以上に大変だ。もともと不安定な立ち位置に、さらに予定外に大きな金を失うと、どんどん歯車が合わなくなり、ガタガタと経営基盤が崩れていく。あっちから金を借りてこちらに返し、またその借金を返すために金を借りられる場所を探す。金の工面だけで頭の中がいっぱいになる。そうなれば会社の運営どころではない。泥沼にはまり込んだように、ズブズブと沈み込んでいくだけだ。

自分が大変なのは経営者である自分の責任だ。だが家族につらい思いをさせることがいちばんきつかった。

その頃、長女はちょうど大学進学を控えていた。彼女には看護婦になるという夢があった。そのときは地元の私立の女子高に通っていたが、すでに私の会社の経営は思わしくなく、そこでも奨学金をもらっていた。貧乏で高校へ行くことが叶わなかった自分だが、もう時代が違う。まさか私のせいで行きたい学校にも行けなくなるようなことだけは決してしたくなかった。そうは思うが大学の学費を出せる余裕はもう我が家にはない。

するとは娘は言った。

「大丈夫。私、大学も奨学金を借りて行くから。お父さんには心配をかけないから、安心していいよ」

いつのまにかしっかりものの娘に成長していた。大学で学ぶための奨学金の手続きも、すべて自分でやってくれた。なんと保証人には、担任の先生がなってくれたという。本当にありがたくて涙が出る。

借金の地獄にはまり込む

しばらくはそうしてあがいていた。会社のお金をはたき、家の貯金もすべて出し、しかしそれでもダメだと覚悟して、ついには産みの親の許を訪ねた。

こんなに悔しいことはない。本当は「あなたの世話にならなくても、こんなに立派になりました。会社の経営者になりました」そう言える姿を見せられると思っていた。だが今の現実は違った。それでもプライドよりも、このときはお金が必要だった。

すでに私の会社がうまくいっていないことは、誰かから聞いて耳に入っていたのだろう。おば（実の母）とその連れ合いである名目上は私のおじが、そろって私を待っていてくれた。私は頭を下げて言った。

「銀行からお金を借りるための保証人になってください」

「わかった」

そう答えたのはおばではなく、おじのほうだった。後は何も言わなかった。

「ありがとうございます」

実の母であるおばの思い、それを黙って受け止めるおじに私は胸を熱くした。私はもう一度、深く頭を下げた。

こうした思いをしてまでおじを保証人にして銀行から三百万円を借りた。

喉から手が出るほどにお金が欲しいときに、もう一人、私に手を差し伸べてくれた人物がいた。

ある日、一人の男から事務所に電話が入った。以前私のところで働いていた電気工である。彼もまたちょっといわくつきの人物で、元ヤクザであった。私の会社に来たときは、ヤクザから足を洗って、熊本にある妻の実家に身を寄せていると言っていた。小さな娘も一人いた。

いろいろと苦労もあったのだろうが、会社では真面目に働いてくれていたので、私もずいぶんかわいがった。過去は過去、立ち直ろうと努力している者を助けたかったのだと思う。しばらく働いていたが、事情ができたと言って辞めていった。その後はずっと音沙汰なしであった。それが突然、電話をくれた。

「社長、仕事が大変だって聞きましたが、大丈夫ですか」

「いやあ、なかなかうまくいかなくて、大変だよ」

「ちょっと会えませんかねぇ」

藁にもすがる、とはこういうことを言うのだろうか。私は一抹の不安を感じながらも、指定された住所に足を運んだ。するとそこは独特な雰囲気を持つ事務所のようだった。彼はやはりその世界に戻ってしまっていたらしい。しかもそこでの立場はかなり偉いようで、周りには子分のような者が何人かいた。

「将棋でもしましょうや」

彼に言われて、将棋盤を挟んで向かい合った。駒を動かしながら、最初は彼が働いていた頃の懐かしい昔話をしていたが、少しずつ私の緊張もほぐれ、ぽつりぽつりと今の状態を話しはじめていた。彼は相づちを打ちながら、私の話を聞いてくれた。そして勝負がつくと、ポツリと言った。

「金、貸しますよ」

迷った。金は欲しい。だがここで金を借りたら、サラ金業者よりもやばいことになるかもしれない。彼は私に、世話になったことを感謝していると言うが、善意だけと考えていいものか。頭の中をいろいろなことが駆け巡った。しかし最後は、やはり現金の力にはかなわなかった。

「悪いなぁ。貸してくれるか」

「いくらにしましょう。二百万くらいでいいですか」

「いや、じゃあ百万、お願いできるかな」

「わかりました」

近くにいた者に目配せすると、一人の若い者が部屋の奥に入って帯の巻かれた札束を一つ持ってきた。彼はそれをポンと私の前に投げた。

「ありがとう。なるべく早く返すけん」

私はお金をバッグにしまうと、そそくさとその部屋を後にした。

(何はあっても、この金は最初に返そう)

家にたどり着くまで、ずっとこの言葉を頭の中でつぶやき続けた。

だが、事態は好転しなかった。「あの会社は危ない」と一度世間に広まれば、今まで良好な関係を築いていた業者の人たちも潮が引くように去っていく。営業をしようと思っても、私は金策に駆けずり回ってそれどころではなかった。雇っていた職人も、一人、また一人と去っていく。辞めてもらう者には社長の務めとして、最後までしっかりと給料は払った。だがそれだけでも金はなくなっていく。金がなければ仕入れはできない、さらに職人はいないでは、もう立ち行かない。私は商売の本当の怖さを知った。

来月、手形での支払いが百五十万円あった。しかしどんなにがんばっても、支払いは無理である。私はとうとう、倒産を決意した。

倒産の手続きは、知り合いの弁護士さんに頼んだ。女性の先生だったがとてもしっかりしていて、結局は何件かの取引先には借金を返さず迷惑をかけていたが、その対応もきちんとしてくれた。

これだけいろいろな人に迷惑をかけて、もうこの土地にはいられない。精神的にもどん底である。私は銀行の自分の口座にあったわずかなお金をすべておろし、妻に二十万円を手渡した。そして残りのお金をポケットに突っ込んで、一人、夜逃げするようにして故郷を離れ、福岡へと向かった。

起死回生への挑戦

福岡の地で一人生きる

福岡では、結局二年半ほどの時間を過ごした。今振り返れば、私の人生の中でもこのときがいちばん辛かったといえよう。

熊本から身を隠すようにやってきた福岡で、中心街から電車で二十分ほど離れた場所に、あり金をはたいてアパートの一室を借りた。家賃は三万五千円。六畳一間に小さなキッチンの、日当たりも悪い古ぼけた部屋である。五十代半ばの男が住むには、あまりにもみすぼらしい。だが家族にも、親戚にも、そして取引先にも多くの迷惑をかけた。自分にはここがふさわしいのだと言い聞かせた。

それでも食べていかねばならなかった。自分には何ができるかと考えれば、やはり営業しかないと考えた。とにかくまずは仕事を取ってこよう。後はなんとでもなる。何かをしていなければ心が挫けそうになる。そう考えて部屋を出て、アパートの周辺の街を歩き、そろそろ塗装が必要そうな家はないかと探した。あれば片っ端から玄関のベルを鳴らした。すると二日目に一軒、工事をしてもよいという家が見つかった。

よし、仕事になるぞと思い、次に塗料店を探した。こぢんまりとした塗料店を見つけたので入り、店主に話すと、職人を紹介するので一緒に行って手付金をもらってくれば、塗料を提供してくれるということで話をつける。私は塗料を買うお金も持ち合わせてなかったのだ。

一つ、仕事の話をまとめられたことで、少しだけ体に力が戻ってきた。その後、二か月ほどの間に三軒、外壁工事の塗装の受注を取り、塗装店の店主と相談して、自分で集金したお金で塗料代を払い、職人さんに頼んで仕事をしてもらった。

これでどうにか食っていけるかと思ったが、その後はなかなか契約が取れない。仕事が取れれば金になる、ということは仕事を取れなければ金が入らない、ということだ。いつお金が入るかの確証はない。

節約をしていてもやはりお腹は空く。食料を買えばお金がかかる。日一日と持ち金が減っていく心細さを、私は生まれて初めて経験する。どんなにわずかな給料であったとしても、一か月働けば定額のお金が入ってくる。それがなんてありがたいことであったろう。明日の仕事があり、確かなお金が入ってくる。それだけでも幸せなことなのだと実感する。

ポケットにはもう百円しかない。その日私は初めて、日雇いの土木工事の作業員の仕事をすることにした。五十代、未経験者。それでも働かせてくれるのだからありがたい。派遣されたのは都市高速道路の工事現場で、地下四メートル以上のところに潜り、三メートルはあろうかという鋼管を担いで五十メートルほど先まで運ぶ。その繰り返しである。

昼食休憩になったが、所持金が百円しかなかったので、弁当も買えない。その日は空腹を我慢して、倒れそうになりながら一日働いた。

五時になってやっと仕事が終わり、事務所で日当の七千円を受け取る。これでやっと食事にありつける。すぐに近くの食堂に入り、サバの煮付け定食を注文した。今でもその味を忘れない。朝食も昼食もほとんど食べずに空腹で、重労働を終えたばかりの体に、食べ物の美味しさがじわりと沁みてくる。こってりとしたサバの煮付けに味噌汁、白いご飯、タクワンの一切れにも感嘆の声を上げそうになった。

それからしばらくは、日雇い労働を続けた。

妻の強さとある男の温情

アパートに落ち着いてからしばらくして、家に手紙を書いて居場所を伝えた。会社は破産の手続き中であったため、まだ解決していない問題もあった。サラ金にも手を出していたから、たとえ弁護士にその手続きを依頼していても、何が起こるかわからない。

家族を危険な目にあわせてはならないと思い、妻と娘二人にはこれまでの住まいを離れて、隠れ家のようなところに引っ越しをさせていた。下の娘は学校を転校させた。妻にも娘たちにも、肩身の狭い思いをさせてしまい申し訳ないと思う。

私が住む部屋に電話は引いていなかったから、こちらから連絡をする以外は、ほとんど互いの消息を知ることはできなかった。だが、私は自分自身の情けなさと、家族へのすまない思いがいっぱいで、家族へ連絡をすることさえ気が重く、なかなか電話をすることができなかった。情けない父親である。

それでも福岡に来てから一か月ほどした頃だろうか。やはり家族の様子が気になって、妻に電話をした。

「どうだ、元気にしているか」

「うん、みんな元気。大丈夫」

妻の声は力強い。私に心配をさせないためもあるのだろうが、もともと彼女にはいい意味で物事を楽天的に捉える前向きな強さがある。私もそれで何度、慰められただろうか。もう小さな子どもではないとはいえ、思春期の難しい年頃を迎えた二人の娘を抱え、夫のいない家庭を支えてくれていた。まさしく母は強しである。千葉のお嬢ちゃんは、熊本でたくましくなった。

だがこのとき、聞かされた話には驚いた。

妻たちの移転先は、いろいろな事情を踏まえて、限られた人にしか伝えていなかった。ところがある日の夕方、見るからにあちらの筋と思われる若い男が二人、やって来たという。

ご主人はいるかと尋ねられ、妻は「居場所がわからない」と答えたという。帰ってきたらこちらに電話する様にと紙切れを渡される。

「アニキが外の車で待ってますんで、また来ますわ」

そう言って帰って行ってホッとした、と妻は言う。

元従業員だったあの男から借りた百万円。あんなにすぐに返そうと思っていたのに、返すことはできていなかった。その取り立てに来たのだろうか。手荒なことをされなくて良かったと思った。お金を返すアテは今もまったくない。この先の家族の安否に不安が募り、「もし何かあればすぐに連絡するように」と言って電話を切った。

しかしなぜだか、彼らが訪れたのはその一度だけだったという。その後は妻たちの家にも私の前にも彼らが現れることはなかった。それは彼の温情だったと今も感謝している。

絶望の底から這い上がる

人生は決して平坦ではないことはわかっていた。浮き沈みがあり、苦労があって、喜びがある。しかし苦しい状況に身を落とすと、そこからずっと這い上がれないのではないか、そんな不安を抱えて苦しくなる。

ふと、父の人生を思い出した。台湾での豊かな暮らし、人々から敬われる暮らしから、一転、戦後は日本に戻って思い通りにならないことばかりであった。最後は体の自由もきかず、自宅の布団で亡くなった。

ああ、私もこの小さなアパートで一人、死んでいくかもしれない。いや、誰にも看取られずに死ぬのなら、それは父よりも不幸な人生かもしれぬ。

これから先、生きていても、なんの希望も見えてこない。毎日日雇い労働者として働き、手にした数千円のお金で、その日の食べ物を手に入れ、寝るだけの住まいを確保して、生きながらえることに何の意味があるだろうか。

いっそ、死んでしまおうか――。

心の中にそんな思いがよぎった。

あるとき、熊本から一人の友人が訪ねてきた。私が会社を興した当時からの付き合いのある業者中間で、経営が厳しくなったときにも、いろいろと相談にのってもらった友人である。

久しぶりに懐かしい顔を見ることができて、ほっと心が和む。居酒屋で、温かい料理を食べながら、酒を酌み交わす。

「もう、こんなことをして生きていても仕方ないけん。死んじまったほうが楽かなぁ」

私は思わず本音が漏れた。すると彼が怒ったように声を荒らげて言った。

「何を言っとるん！　あんたが死んでも、誰も喜ばんよ。みんな悲しむよ。オレだってあんたが死んだらすっごく悲しかよ。死んだらいかん。死んだらいかんよ、わかったね」

そう言われてやっと、自分の心の中に温かい血が再び流れ出したように感じた。

そうだ、自分には家族がいる、これまで一緒にがんばってきた仲間がいる。今は故郷を離れてしまったが、生きていればもう一度、戻れるチャンスもあるかもしれない。それは生きていればこそなのだ。その友人のおかげで、やっと私は前を向くことができた。

阪神淡路大震災が発生

平成七（一九九五）年一月十七日。朝、いつものように朝食前にテレビをつけたとき、突然飛び込んできた映像。十代から二十代はじめを過ごした、懐かしい神戸で地震が起こったらしいことを知った。そのときには「ちょっと大きな地震らしい」くらいにしか思わず仕事に出たが、昼休みに仲間たちと食堂でテレビを見て驚いた。高速道路が土台から崩れ、たくさんのビルが崩壊していた。多くの被害者も出ているようだが、現状はまだ把握しきれないようだった。

テレビがいくつかの場所を中継し、上空からのヘリの中継もされていた。街の中心部ではビルが崩れ、郊外では多くの家々が傾いていた。映像で崩れかけた屋根が映ったとき、その被害の甚大さを知るとともに、自分の心を揺さぶるものがあった。

屋根瓦――。すべて崩壊してしまっている家もあったが、倒壊を免れた家の中にも、瓦が半分崩れかけている家が多く見られた。

神戸に行けば、もう一度瓦の仕事ができるかもしれない。そう考えた。

そうは言っても地震が起きてしばらくは、ライフラインも途切れ、死者やけが人も多く出ていて、混乱をきたしていた。私たちの出番など、あろうはずもない。それでも私はずっと、いつか出番が来るのではないかと考えていた。そしてようやく状況が落ち着きはじめた三月になって、私は行動を開始しようと思った。

だが瓦工事を請け負うには、人もいる。ある程度その場所に滞在するためにはどこかの施設に宿泊もしなければならない。そのためには金がいる。だが自分にはそのとき、ほとんど貯金はなかった。

私は誰かに金を借りてでも、ここで行動を起こすべきだと考えた。今、何かをしなければ、このままずっと福岡で日雇い労働者として自分の人生は終わってしまう。ここは自分の人生を変える、最後のチャンスかもしれない。

悩みに悩んで、私は妻たちの暮らす家に電話をした。そして長女を呼び出した。

「すまんが、金を貸してほしい。神戸に行こうと思うけん」

「何、考えてるの？」

「地震で被害を受けた家がいっぱいあるけん、屋根の修理の仕事に行こうと思う」

「いくら、必要？」

「百万」

「貸すのはいいけど、大丈夫ね」

「任しとけ、半年で返すけん」

「本当？　まあいいわ、父さんがそう言うなら貸すわ」

長女の朋美は高校を卒業後、医療系の大学に通い、国家試験にも合格して、すでに看護師となっていた。卒業して医療機関に勤め、三年目であった。高校、短大と奨学金をもらいながら立派に学校を卒業し、社会人となっていた。奨学金の返済もあっただろうし、わずかしか仕送りをできない父の代わりに、妻と二人で家族の生活を支えてくれた。

この年の前年には、素晴らしいパートナーとめぐりあい、熊本で結婚式を挙げた。私には援助できるお金もなかったが、夫となる人と協力し、一切私たちに頼らずに式を挙げた。それでもきちんと式に招待してくれて、そのときだけは堂々と新婦の父を演じることができた。美しい花嫁姿は感無量であった。自慢の娘である。そしてなんとも父親思いの優しい娘である。

職人を集め神戸へ

娘から送られてきた百万円を手にして、私は三月の終わりに、知り合いの瓦職人二人と作業員一人に声をかけ、三人の職人を連れて神戸に行った。

二十代前後を過ごした懐かしい神戸。その後、何度も足を運び、大きく発展していく姿を見てきたが、震災後に訪れた神戸は、災害の爪痕を大きく残していた。三宮などの中心地では瓦礫などはすでに撤去されていたが、外壁が崩れ落ち傾いたビルや、ヒビの入ったビルがそここに見受けられ、被害の大きさを目の当たりにした。

まだ混乱が続いていたこの地で、まずは拠点探しをしなくてはならない。すでにさまざまな復興関係者が多く訪れていたので、どこの宿もいっぱいだった。土地勘があったこともあり、中心地よりも少し離れた場所がよいと考えて、明石に足を運ぶと、ようやく古ぼけた旅館の一室が借りられた。十八畳ほどの部屋に、私は職人たちと一緒に四人で寝泊まりすることとなった。

職人は連れてきたけれど、まだ仕事のアテはない。ここからが私のがんばりどころである。まずは電話帳を手に入れ、瓦工事を行っている工務店に片っ端から電話をかけた。どこの職人かと問われるので、「熊本だ」と答えると、「よそ者はダメだ」と、かける電話、かける電話、断られた。しかしここで気落ちなどしてはいられない。私は背水の陣でやって来ているのだ。

ようやく一軒の瓦屋が、補修工事をやっているので、よかったら頼みたいと言ってくれた。私が事務所に行くと、六十代くらいの社長と、その息子の専務がいた。社長の机の上には、書類が山積みになっていた。見積もりらしい。

（こんなに仕事がある。よし、絶対ここで仕事を取るぞ）

心の中で思った。まずは簡単な屋根の修理工事を頼みたいと言われ、さっそく引き受ける。

「ここでこの先が決まるぞ。いい仕事をしてくれ」

職人たちに頼む。もちろん彼らもわかっているから、一生懸命に仕事をしてくれた。

補修工事が終わったと報告すると、専務自らが屋根に上り、仕上がりをチェックした。

「よし、これなら大丈夫だ。次の仕事も頼むよ」

専務の言葉に、私たちは胸を撫で下ろした。これでどうにかやっていける。安堵したのはそのときばかりで、それからが大変であった。

私たちが仕事を受けた瓦屋の会社は、神戸ではかなり大手であった。組合の中でも力があったのだろう。私たちが明石に宿をとっていると聞いて、地元の瓦組合が借りているホテルの部屋を使ってよいことになった。そこはなんと明石海峡が望める地元でも有名な高級ホテルであった。私が親方として責任を持ってくれるなら、他の職人も使ってもよいという話になり、熊本と宮崎で職人を募集した。合わせて十人ほどの職人と私で、ホテルの部屋を二部屋借り、雑魚寝《ざこね》のような形で寝泊まりしながら、追いまくられるようにして仕事をした。

よそ者だと恥じない仕事を

仕事を依頼してくれた瓦屋には、七組ぐらいの私たちと同様の職人グループが入っていた。その中でも私たちのグループは、みんながんばってくれたおかげで、とても評価が高かった。あるとき、神戸郊外のお寺の屋根の修理の話が入ってきた。

神社仏閣というのは、一般の人が住む家と異なり、百年、二百年と長く大切に守られるように建てられた建築物だ。大工も一般の職人とは異なり、宮大工たちの手によって特殊な技術を用いて建てられる。屋根瓦も同様に、特別な技が求められる。誰もができる仕事ではなかった。しかしラッキーなことに、私が雇った職人の中に、お寺の屋根の瓦修理を経験したことのある職人がいた。うちならできると手を上げて、その仕事を任されたのも大きかった。

そのときに社長に聞いたのだが、寺の住職が何件かの瓦業者に声をかけたそうだ。だが他の地域から来た業者の見積もりはみんな、数百万も高かったのだという。

私がお世話になったのは、長く地元でやってきた会社である。こうした大きな災害で、みんなが困っているときにこそ誠意のある仕事をしたいと言った。どこかよそから来た職人は、仕事が終わればどこかへ行ってしまえばよい。だから仕事の内容にしても、また費用も人の足元を見て、稼ぐだけ稼いでしまえ、と考える業者も多い。うちはそんな仕事はしたくないという。

なるほど社長の言うとおりである。私も九州から、仕事があると思い駆けつけたけれど、よそ者だからと中途半端な仕事をするのではなく、きっちりと責任のある仕事をしようと改めて心に刻んだ。

それでも毎日、追いかけられるようにして仕事が来るから、金銭的にはかなり余裕ができた。長女に借りた百万円は、三か月後にはすべて返すことができた。長女はびっくりして電話をかけてきたが、無理はしていない、大丈夫だと言って電話を切った。

その後、夏になって長女夫婦が新婚旅行後に京都を訪れるという。神戸にいる私のところに寄るというので張り切った。私が泊まっているホテルに部屋を借りて娘たちを招待し、神戸で一泊してもらった。復興支援も兼ねて、娘夫婦にはちょっと贅沢な夕食もごちそうした。これは百万円の利子代わりということだ。そして景気のいいところを見せることもできて、久しぶりに親の矜持を示せたことがうれしかった。

三月の終わりに神戸に来て、最終的には十一月までホテルに泊まりながら職人たちと仕事を続けた。次から次と仕事に追われる中で、特に夏場の屋根の上での作業は大変であった。直射日光と屋根の照り返し。もともと夏場の瓦修理の仕事はきつい。長時間の作業は体力も集中力も奪う。高所での作業だから、少しでも気が緩むと転落という危険もある。熱中症にならないように、疲労が溜まって体調がすぐれない職人はいないかなど目配りし、私は職人一人ひとりの体調を気遣いながら陣頭指揮をとって、八か月間に及ぶ大仕事、この難関を乗り切ることができた。

十一月頃になると、神戸での仕事の数も減ってきた。ある程度のお金も貯まったし、そろそろ潮時と考えて、また一から出直そうと熊本に帰る決意をした。

経営への再チャレンジ

再出発、新会社を設立

再び熊本に戻ると、神戸でのがんばりもあって再び会社を興す意欲が湧いてきた。心機一転、新たな社名を付けようと、「株式会社　太平瓦工業」と決めた。創業は平成八（一九九六）年十月のことである。

私は五十九歳になっていた。会社勤めをしていれば、そろそろ定年退職が近づく頃であろう。しかし私には、まだやり残したことが山ほどある。商売をしようと独り立ちしたものの、職人に金を持ち逃げされるという出来事を発端に、経営が立ち行かなくなって倒産という憂き目にあった。一人、福岡のアパートで寒々しい生活も経験した。

このまま人生を終わらせてなるものかと、その思いで阪神淡路大震災の被災地に飛び込み、毎日汗水を流してくたくたになるまで働いた。まだまだ人生やり直せる。父のように負け犬のまま人生を終わらせてなるものか。そうした思いがあったから、地元熊本で、阿南攻の新たな人生の幕開けを飾りたいと思ったのだ。人生、まだこれからが長いではないか。

社名の太平瓦工業の「太平」には太平洋のように広やかに伸びゆく会社でありたいという思いを込めた。瓦はやはり、私の仕事の原点だ。太平瓦という名には私のすべてがかかっている。

もちろん仕事は瓦工事だけでなく、塗装やリフォームなども行えるよう、職人たちを集めた。一度失敗をしているからこそ、得るものも多くあった。特に職人たちは信頼のおける者たちを選び、前回以上に親身になって、目配りを忘れないようにした。

実は私には、ちょっと短気なところもある。時には職人を怒鳴りつけることもあった。だがそれも親心。その気持ちがわかってもらえるように、叱った後は飲みに誘って、こんな気持ちがあるのだということを伝えた。

また職人の中でも上の者たちには、「時には怒鳴りつけることもあるかもしれんが、仕事に真面目に取り組んでほしいからだけんな。おまえを人前で怒っても、それでみんなに緊張感をもってほしいと考えてのことだから、それをわかって我慢してくれよ」と陰で声をかけたりもした。

人生、苦労はあるけれど、その経験を糧にして成長していくのが人間だ。自分で言うのもなんだが、経営者としての器も大きくなったのではないかと思う。特に職人仕事は危険を伴うから、安全第一、無理な仕事はさせない、残業はさせないと心に決めて、それを実行した。厳しいところは締めながらも、褒めるところは褒めて、信頼されるオヤジになろうと心がけていた。

そんな努力が実ってか、新会社を設立してしばらくは順調に仕事が増えて、職人も十数人抱えるようになった。再び活気ある会社が戻ってきたことがうれしく、なんとかマイナス人生をプラスに戻すことができたと言えるだろうか、そんな風に思うことができた。

苦境に新聞広告を掲載

しかししばらく経つと、再び業績が厳しくなってきた。だが、これは私の会社だけのことではなく、日本の経済全体が落ち込む状況が続いていたからということもある。バブル経済崩壊後は、日本の経済はなかなか浮上しない。人々は暮らしの中で出費を抑えようという気持ちが先に立ち、なかなか消費につながらない。台風か何かで瓦が割れたりずれたりといったような、緊急を要するときでなければ、日々の暮らしが優先されて、なかなか家の手入れにまで余裕がない。だいぶ傷んだ家であっても、あと一年、あと二年と手入れを先延ばししようとする家庭も多い。

営業をかけても、なかなか思ったように仕事が取れず、右肩下がりの年が続いた。それでも職人に給料を払わなければならない。それが経営者の責任だから、自分の懐は厳しくても、職人たちにしっかりとお金を払うことだけは守った。

「阿南さん、これじゃあ職人たちのために毎日働いているようなものじゃない」

帳簿を見ながら、税理士に苦笑されたほど、ギリギリの経営であった。

毎日、足を棒のようにして営業に回ってもなかなか仕事が取れない。ある朝、いつものように新聞を見ていてふと気がついた。愛読している熊本日日新聞に、毎日掲載される「くまにちタウンパケット」という欄がある。地元の企業の広告が掲載されている。ここに掲載すれば、知名度もアップするだろう。わずか七センチ×五センチの小さなスペースだが、毎日は無理でも一日おきに掲載すれば、いざという時に人の記憶に残っているのではと考えた。

一日おきの掲載で、月に約二十万円の費用がかかったが、営業を一人雇うよりは安くつく。そう考えて、掲載を決めた。これが後々、大きな見返りをもたらすとは、そのときは予想だにしていなかったが、多少の反応があればと期待した。

また、このときに掲載する社名は、新たに『熊本職人協力会』とした。太平瓦工業では、瓦の会社だと思われてしまう。実際には瓦や屋根の修理だけでなく、塗装やリフォームも手掛けていたので、幅広く仕事を取るためにも、違う社名が必要と考えた。

会社としては太平瓦工業ではあるが、それと同時に熊本職人協力会として仕事の受注を考えた。

最初に新聞に掲載された頃は、電話があるかと毎日ドキドキしながら待っていたが、ほとんど電話はかかってこなかった。やっとたまに電話が入るようになったのは掲載をはじめてから二か月を過ぎた頃からだった。やはり辛抱が肝心である。

悲喜こもごもの会社経営

太平瓦工業の仕事の中では、いろいろな思い出もある。

私たちのような仕事では、資材置き場やトラックの駐車場など、広いスペースが必要となる。都会と違って、土地代はそれほどかからないが、それでも土地を確保するのは大変である。最初に太平瓦工業をスタートしたときは、以前から懇意にしていた地主さんが土地を提供してくれた。二百五十坪ほどの土地であった。

仕事の拠点ができ、これでひとまず安泰と考えていたが、五年ほど経った頃に、突然「アパートを建てることになったから、立ち退いてほしい」と言われてしまう。しかも三か月以内にと言われて、頭を抱えてしまった。移転のためには敷金礼金、引っ越しのための費用もかかる。その頃はすでに経営もギリギリの状態であったために、できるだけ無駄な出費はしたくなかった。

困ったなぁと思いながら、良さそうな場所はないかといろいろと歩いてみた。最低でも二百坪の土地はほしいところであるが、なかなか良い土地は見つからない。ちょっと国道から入った田畑の多い場所を歩いていて、ふと畑を耕している女性が目に入ったので思い切って声をかけてみた。

「この辺で、空き地を貸してくれるところはないだろうか」

すると、嬉しい言葉が返ってきた。

「あら、うちの土地が空いているから、貸してあげてもいいわよ」

さっそく案内してもらったのは、以前は畑だったが人手が足りずに放っておいてあるという休耕地で、三百坪ほどもあるという。大通りから少し入ったところではあるが、職人たちもみんな自動車通勤であるから、不都合はない。

「ぜひ、貸してほしい」

頭を下げて、そこでほぼ話がまとまった。三百坪の土地を月に十二万円で話がつく。

「うちも放っておいた土地だから、月々、お金が入るだけでもありがたいんよ」

そう言ってくれて、不動産屋さんも通さなかったので、敷金礼金なしで、契約することができた。なんという幸運であったか。

すぐさま荒れ放題であった土地を、自分で草を刈って砂利を敷く。四日間ほどかかったが、すっかり広々となった土地に、大満足であった。そこに職人たちの手を借りて事務所を建て、一人暮らしの職人たちのための住まいも整えた。手作りの私の城である。ここが大平瓦工業の終の棲家となった。

いいことばかりではない。苦労もたくさんあった。以前は人を信用しすぎて金で苦労したから、今度はそういうことのないようにと心がけていたが、やはりそうはいかないのが現実である。従業員・職人が十数名の小規模な会社であっても、日々動くお金は大きい。職人への日当、車のガソリン代、保険などが万単位、資材などを購入すれば数十万、合わせて月に数百万のお金が動く。お客さんからの支払いが滞れば、すぐにお金が回らなくなる。

振り返れば、比較的良いお客さんに恵まれたと思うが、時にはお金が回収できなくなるのではと肝を冷やしたことも何度かあった。

ある高齢の男性が一人暮らししている家で、屋根の修理を請け負ったときだ。工事前、工事の途中で手付金を請求したが、なんだかんだと言って払ってくれない。それでも工事がはじまってしまったから、どうにかなるだろうとたかをくくっていた。今思えば、まだまだ私も甘かった。工事がすべて終わり、代金の二百五十万円を請求した。すると「金はない」という返事。さすがに私も真っ青になる。近くの人に相談し、調べてもらったところ、別居している息子がいることがわかった。熊本市内の一流企業で働いていることがわかり、それだけでも少し安堵した。

直接、その会社に出かけて会ってみると、とても真面目そうな人だった。

「ご迷惑をおかけしました」

頭を下げてくれ、誠実さを感じた。だがその男性にも家族があり、家のローンもあり、とてもまとまったお金は用意できないとのことだった。もうダメか、一時はそう思ったが、そうしたあきらめが、会社の経営基盤を揺るがしていく。それはもう前の会社で痛いほど経験している。

結局、粘りに粘って、その息子さんが銀行からローンでお金を借り、ボーナスで返済するということで話がついた。入金を確認できたときは、体中から力が抜けた。

私自身にも反省するべきところはあった。仕事欲しさに危ない橋を渡るのはもうよそう。堅実に、着実に、仕事をしなければと改めて自分に言い聞かせた経験だった。

熊本復興に力を尽くす

熊本を大地震が襲う

経営者というのは、いつも不安定な細い橋を渡り続けているようなものだ。今自分の足元にある橋でさえ、この先どこまで続いているのか確証がない。一生懸命に歩いていても、突然ポキンと橋が折れてしまえば真っ逆さまに落下する。今は大きな会社であっても、突然倒産することもあるだろう。だから絶対安全な会社などはないのだが、自分の腕一本で会社を支えるというのは、やはりしんどいことも多い。それでもがんばって働き続けるのは、自分の会社を自分で守るという意地のようなものであろうか。

そうやって全力で走り続けてきたものの、そろそろこの商売も畳みどきか。そう考えたのは二年ほど前、私が七十八歳のときだった。

一か月に入る仕事の数は年々減少し、売り上げから材料費などの経費や職人の賃金を引くと、ほとんど残金は残らないばかりか、赤字になる月もあった。自分の給料さえも出ない状態だった。さらに自分自身、仕事への熱意がなくなってきて、職人を厳しく指導することもなくなった。年齢のせいかもしれないが、やはり仕事にも潮時があるのだろう。

「お父さん、もう十分に働いたのだから、このへんでいいんじゃない」

娘たちからもそう言われた。

引退するべきか、もう少しがんばってみるか――。気持ちは半々の状態で揺れ動いていた。しかし私の決断より先に、事態が大きく動くのである。

岩田屋伊勢丹時代の上司だった友人に電話をかけていた平成二十八（二〇一六）年四月十四日の夜の九時過ぎ。突然、ガタガタと大きな揺れが襲った。

「な、なんだ！」

あまりの大きな揺れに私は携帯電話を落としてしまったが、まだグラグラと床が揺れていて拾うこともできない。中腰になりながら動かずにいると、本棚からはバラバラと本が落ちてきて、台所の食器棚の扉が開き、ガシャンガシャンと皿や茶碗が落ちて次々と割れた。天井の照明は、踊るように揺れていた。

やっと揺れが収まって、携帯電話を拾うことができた。

「大丈夫か。すごい地震だったな。またかける」

すぐに電話を切ったのだが、あまりのことに何をしていいかもわからず、呆然と立ちすくむ。すると二階で風呂に入っていた妻が、慌ててパジャマを羽織って下りてきた。二階からは一緒に住む小学生の孫の怯えたような泣き声が聞こえた。

八十年近く生きてきたが、こんな地震は初めてだ。

照明が消えていないので、電気は無事なのがわかった。慌ててテレビをつけると、熊本地方を大地震が襲ったと速報が出ていた。

とにかく家族の無事を確認し、家を片付けようかとも思ったが、また余震がきたら危険である。家の前には、家が十軒ほどは建つかと思われるほどの空き地がひらけていたため、そこに車を停めて、家族みんなで毛布にくるまりながら寝た。近所からも人が出てきて、同様に車の中で寝た。

翌日、テレビを見ると予想以上にひどい地震が熊本市内を襲っていた。妻や子どもたちが家の中を片付けると言うので、私は周辺も気になり、車で八分ほどのところにある事務所へと様子を見に行った。

事務所を開けてびっくりである。これがまた、自宅以上の惨状であった。本棚からはファイルやカタログがすべてなだれ落ち、机や椅子は勝手に向きを変え、テレビまでも倒れていた。物が多いだけに、すべてがぐちゃぐちゃで、足の踏み場もない状態だった。資材置き場を見てみると、こちらも在庫の瓦が割れるなど、かなりの被害があることがわかり、思わず大きなため息をつく。

片付けようにも、どこから手を付けていいかわからず、結局そのまま帰ることにした。その間、従業員や職人たちの無事が確認できたので、何よりも安心した。

再び自宅に戻る道すがら街の様子を見てみると、何軒もの家の瓦が落ちかけていたり、傾いたりしていた。これは大変なことになるかもしれない。阪神淡路大震災のときのことが、一瞬で蘇った。

再び家に戻ると、妻たちは家の片付けに奮闘していた。九州は、それほど地震の多い地域ではない。これまで大きな自然災害と言えば、ほとんどが台風であった。

「まさか、こんな大きな地震がくるとはなぁ」

「二度とこんな大きな地震はこんでほしいわぁ。余震はあるかもしれんけど、もう大丈夫よね」

妻の言葉であった。しかし自分はなんとなく黙っていた。嫌な予感がしたのである。

その日は、どうにか部屋を片付けて、寝る場所を確保することができた。幸い、家は無事そうであるが、これからどうなるかなぁ、と不安がよぎる。

二度目の大地震

さらにその翌日になり、十六日の夜中の一時過ぎのことである。ガタガタガタッ、再び大きな揺れが襲った。部屋で休んでいた私は布団から飛び起きて、一目散に外に出た。少し経ってから、妻と娘の家族があわてて家から飛び出してきた。

私の姿を見つけると、妻と娘が口々に言った。

「お父さん、一人でずるい！」

いやぁ、面目ない。考えるより先に行動に出てしまった。

その晩はどうしていいかわからず、とにかくまた地震があるかもしれないし、こんなに大きな二度の地震に見舞われて、家が持ちこたえられるかもわからない。危険だということで車の中で休もうという話になる。再び家の前の広い空き地で、近所の人たちと集まって、不安な夜を過ごすこととなった。

夜が明けてみると、水道、電気、ガス、ライフラインのすべてが止まってしまっていた。一気に不便がやってきた。顔を洗うこともできなければ、温かいご飯と味噌汁の朝食を食べることもできない。まいったなぁと心で思うが、私一人のことではない。どれくらい多くの人たちが、この災害に巻き込まれているのか。阪神淡路大震災の、東日本大震災の、あの被災地の様子が思い浮かぶ。とにかく家族みんな怪我なく無事であるのだから、しばらくの不便さは仕方ないと思い直す。

これは後に知ったのだが、十四日の地震は前震で、十六日が本震であった。熊本市内で震度6強、最も揺れの大きかった地域の震度7は、気象庁の観測では九州地方で初めてのことだったという。しかも多くの人が十四日にあった地震で、これ以上大きなものは来ないだろうという思いがあった。妻と同じことをほとんどの人が考えたのである。しかし二日後にさらに大きな地震がきた。この二回目の地震が、さらに大きな被害をもたらした。一回目の地震でゆるんだりひずみが出た建物に、再び大きな力が加わり、耐えられなくなった多くの家が倒壊した。亡くなった方々の中には、十四日の地震でおさまったと思い、家に戻って休んでいたところに二回目の地震に巻き込まれてしまった人が多かったと聞く。私たち家族も十六日の二回目の本震の際は、家に戻って休んでいた。

実際に大地震に遭って思うのだが、その当事者になって被害の渦中にいると、電気も寸断されてテレビなどが見られず、ほとんど正確な情報が把握できない。若い人たちはスマホなどのニュースを見て状況を教えてくれるが、今、ここで生きていく上での知りたいことはほとんどわからないことを痛感した。

それでも私たちが恵まれていたのは、二回目の地震でも家に大きな被害が出なかったこと。そして地域とのつながりだ。

いつまた余震が来るかわからず、家の中にはいたくなかったが、必要なものは持ち出すことができた。私たちは避難所には行かず、家の前の空き地に車を停めて集まり、寝泊まりすることにした。近所の家に一軒、井戸を持つお宅があり、善意でみんなに分けてもらい、使わせてもらった。家から五十メートルほど離れた家では、自家発電用の装置があったため、こちらも善意で私が仕事用に使っている電気コードを延ばし、広場まで電気を持ってきて、炊飯器でご飯を炊いた。こうして近所の人たちと力を合わせて、結局、私たち家族は一週間ほどを過ごすこととなった。

私たちの出番だ！

家が少し落ち着いてから、私は車を事務所まで走らせた。道路は通ることができたが、周辺では、全壊、半壊して大きく傾いている家が多くあった。これは大変なことになったと改めて思った。

事務所は一回目の地震の後に行ったときよりも、さらにひどい状態になっていた。だが今回も従業員たち全員の無事が確認できて、少しホッとした。私の下で営業をがんばってくれていた宮本くんがやってきた。

「社長、これは大変なことになるかもしれません」

彼もここに来るまでに、町の惨状を見てきたのだろう。屋根の被害も多く、私たちの力がこれから求められるだろうと直感していたのだと思う。私も同じように感じていた。

予感どおり、本震があった二日後くらいから、事務所の電話が鳴り止まなくなった。多くは熊本日日新聞に掲載されていた広告の電話番号を頼りにして連絡をしてきたようだ。長く掲載を続けてきた甲斐があった。ずっと掲載してきたことが、熊本市民の信頼にもつながったのだと思う。

ほとんどが屋根に被害が出たので急いで修理してほしいというものだった。一軒一軒の、それぞれの事情は理解できた。しかし一軒の修理をするだけでも数日はかかる。今は緊急事態である。一つひとつ、これまでのように対応していては、多くのお客さんを待たせてしまうことになる。

阪神淡路大震災の際、修理に駆けつけた経験がここで生きてくる。多くの人たちの窮状を少しでも救うために、まずできることを考えた。

屋根が破損した際に、いちばん困るのが雨である。雨が降ると破損した部分から雨水が入り、家の中に水が染み込んでしまう。家の中で生活するのも大変だし、家の修理にも余計な手間と費用がかかってしまう。

まずはできるだけ多くの家の屋根にブルーシートをかけて、現状をしのごう。倉庫にあったブルーシートだけでなく、私たちは手分けをしてホームセンターなどに駆けつけ、できるだけ多く集めた。それから電話をかけてきた人たちに事情を説明して、先にブルーシートでの応急処置になることを伝え、理解してもらった。

よく、地震の被災地などをしばらく経ってからヘリコプターで映した映像がテレビなどで流れると、点々と屋根にブルーシートが広げられているシーンを目にすることがあると思う。こうした手当ては、素人にもできるように思われるかもしれないが、とても危険な作業である。シートをかぶせるのにもコツがいる。風雨が激しくなっても雨水が入らないように、しっかりと固定するのは、やはり職人の技が必要なのだ。

私たちはリストを作り、依頼があった家々を一軒ずつ回って、ブルーシートをかけ続けた。

実際の作業は職人に任せ、私は新たな職人集めに奔走した。やはり神戸での経験から、必ず職人不足になると踏み、県外にすぐに集まれる職人はいないかと募集をかけた。もちろん熊本の現状は全国に広まっており、ありがたいことに被災者の役に立ちたいという気概を持って、手を上げてくれる職人が何人もいた。

十日後には、兵庫、福岡などから八人の職人が集まってくれ、私の会社の従業員と共にがんばってくれた。

お客さんからは、まだかまだかと催促の電話ももらったが、一軒ずつ丁寧に作業を進めた。屋根の仕事は高所であるから、職人には焦るな、落ち着いて仕事をやれと繰り返し言葉をかけた。日が落ちたら作業を終わりにし、残業もさせない。職人を守りながら、一つ一つ工事を完遂していく、それも神戸で学んだことの一つ。

それでも工事が終わると、お客さんから「ありがとう」と笑顔で言われ、こんな風に地元で役に立つことができていると実感できることがうれしかった。

電話が鳴りっぱなしで忙しくて大変である。

地震から一か月過ぎた頃、宇城市のお客さんから電話があり、瓦葺替工事はできるかと尋ねられた。今すぐは無理だと返答するも、「実は他県の営業マンが来て、工事を依頼したら、雨樋を取り外し、瓦を外し、ルーフィングを張ったその後から連絡が取れなくなったんです。内金は百五十万払いました（三百五十五万の工事）。この前の雨で少し雨漏りがして困ってるんです。市内の瓦屋さん三件に電話したんですけど、忙しいのと、他の瓦屋が手をつけたのはどうも……と断られてしまいました」とのこと。「わかりました、私が今から伺います」「忙しいのにすみません」。その後、見積りをすませ、見積り金額を出し、二日後に伺う旨を伝えた。

夕方、職人たちに話すと、「応援の職人（福岡・大分・兵庫・赤穂）には頼まれんし、途中で抜けられんでしょう」「責任者が……」と渋っていたが、「いいから、俺が工事中のお客さんに話しておくから、頼むぞ」と言うと、「わかりました」と承諾してくれた。

雨樋工事まで含んで一週間で完了した。翌日、集金に伺うと、奥さんが正座をして、「ありがとうございました」と深々と頭を下げられた。「実は主人から手紙を預かってるんです」と奥さんから渡された手紙を帰って読むと、そこには感動する内容が書かれていた。夕方、みんなに読んで聞かせると「工事して良かったですね」と口々に言っていた。三十数年間やってきて、手紙を貰ったことは初めてである。

経営者の幕引き

私たちが住む熊本市内は、前震、本震、共に震度6以上を記録した。さらに震源地に近い地域では、震度7を記録している。事務所から車で二十分ほどの益城町もその一つである。私はこの地域でこれまで二十五軒の瓦工事を手掛けていたが、その多くが被災してしまった。車でこの地域を通るたびに、胸が痛くなる思いだ。

地震があってから三か月ほど過ぎた頃であろうか。私が工事を手掛けた大きな屋敷が、解体工事をしていた。思わず車を停めて、その家の前に立つと、懐かしい人に会った。家主のおばあさんである。

この家の工事は、屋根の吹き替えや台所のリフォームなど、大掛かりなものであった。費用には数百万円をかけている。あれから七年と経っていない。

「まさか、こんな大きな地震が来るとは思わんかったからねぇ」

おばあさんは涙ながらに語ってくれた。私もその姿を見て涙が出てくる。

「今はどこに住んでると」

「息子のところに世話になってるんよ」

「そうか、元気に暮らしなよ」

そう言うのが精一杯であった。

私がこれまでやってきたことが、地震によって突然に失われてしまった。その寂しさが胸を突く。同時に震災後、多くの家々の力にもなれた。私たちの仕事とはそういうものなんだなぁとも改めて思う。

こうして熊本地震後は、私も従業員と共に一気に駆け抜けてきたような時間であった。気がつけば一年という月日が流れていた。

「お父さん、この七月で八十歳やね」

妻が言った。

「そうか、八十歳か」

そう答えたとき、何か自分の人生に一区切りがついた気がした。熊本モンは頑固で気が強いと言われるが、私も自分の人生に負けたくなかった。商売で失敗したときも、ここで終わりたくないと踏ん張った。

人生のラスト近く、熊本地震という災害で多くの人々が困難に見舞われたとき、私にはこれまでの人生で培われてきた財産があった。瓦、屋根、家を直すノウハウと人脈である。それを思う存分使って、地域のために役立つことができたのではないだろうか。自己満足であるかもしれないが、これまで苦難の道を生きてきたことの集大成として、このゴールがあったのではないかと思う。

もちろん、まだまだ元気でがんばるつもりではあるが、社会にとっての阿南攻は、一つ幕引きをしてもよいのではないかと決意して、引退を決めた。

私の片腕である宮本くんに事業を譲渡し、平成二十九（二〇一七）年八月末日をもって、株式会社太平瓦工業を廃業。今後の業務に関しては、熊本職人協力会として宮本くんが代表を務める。

経営者としての私は幕引きだが、残りの人生は、個人阿南攻として、またどんなチャレンジをしていこうかと楽しみにも思う。

おわりに

人はなぜ、つらいことも、悲しいことも、乗り越えて生きていけるのだろうか。

山あり谷ありの人生の中、懸命に働き続けてきた自分の過去を振り返ってみると、やはり家族や友人に支えられてきたからだと思う。特に会社を興してからは、身の丈にあまりある困難に、何度も押しつぶされそうになってきた。そうした苦難を乗り越えて、家族たちと共に、笑顔で暮らすことができている今に感謝をしたい。

長女・朋美は阪神淡路大震災が起こった年の前年に結婚し、看護師の資格を生かして今も働き続けている。一男一女に恵まれ、熊本市内に一戸建てを建てて、家族四人で幸せに暮らしている。

次女・美保は高校を卒業後、大手飲料メーカーに就職し、そこで出会った男性と平成十三（二〇〇一）年に結婚し、やはり一男一女に恵まれた。結婚して三年目に、家を建てたいと相談されたときには、嬉しい提案までしてくれた。

「お父さんたちはお金を出さんでいいから、二世帯住宅にして一緒に暮らさないかな」

いろいろ苦労させたのに、優しい娘である。夫婦で相談し、娘の申し出をありがたく受けることにした。今は娘夫婦と孫二人の四人家族と、私たち夫婦が二人、一階と二階に分かれて暮らしている。二階に住む孫たちのにぎやかな声にいつも心が和まされる。

娘二人、本当によくできた子たちである。

こうした家族との幸せな時間を持てたのも、やはり妻の静枝のがんばりなくしてはなかったであろう。私が福岡に行っている間も、女一人でよく娘たちを育ててくれた。静枝は子どもが生まれてからは、ずっと専業主婦であったが、私が福岡に行ってしまってからは、最初はパートで働き出した。それからしばらくして転職し、着物の洗浄工場で正社員となって、定年まで働き続けた。

私の会社の経理も担当していたから、常に厳しい状況は私以上によくわかっていた。どうしても金が足りぬとなれば、自分が働いてコツコツ貯めた貯金から援助してくれたことも一度や二度ではなかった。会社と我が家の財務大臣として、歳を重ねることにその存在感が大きくなっていった。まぁ、長年連れ添う夫婦とは、そんなものなのかもしれない。

また、元号が令和元年に変わった年の九月、義理の弟に会った。三人姉妹の末っ子である実母は、二番目の姉さんのところに遊びに行った際に、姉さんの夫の子どもを妊娠。その後、一番上の姉さんが住んでいる台中で出産した。それが私だ。

二年後、二番目の姉さんにも男の子が生まれたが、半年後に離婚して、姉さんは満州に渡る。姉さんの夫、つまり私の実の父は一年後に再婚する（以後子どもは生まれていない）。

二歳年下の義理の弟は、実の母の顔を知らずに育つ。小学校の高学年頃からグレて両親を困らせる。車の修理工場を経営してた父は亡くなったときの借金は五千万くらいあったとのこと。本人は中二の頃くらいから真面目になり、高校を出てあとを継ぐことになる。

「俺は父の写真を見たいんだよなあ……」

と義理の弟に話すと、

「いや全部焼いてしまって一枚もないんだよね」

と一言。

「とんでもない父だったんだな、俺ショックだよ」

「そうでしょう。自分は父を好きになれなかったよ。死んでホッとしたぐらいだから……」

「しかし今はあとを継いで頑張ってるし会って良かったなあ……」

ところが十月中旬、父の写真が一枚見つかったと義理の弟が送ってきたのである。

初めて写真を見たときはクソッタレ焼いてしまえと思ったが、今は大事に机の引き出しにしまってる。

家族はもちろんであるが、友人の存在もまた、私の大きな支えとなってくれた。現在の、私の良き相談相手は、岩田屋伊勢丹で外商をしていたときの同僚のKくんだ。熊本市内でコンビニエンスストアを経営しており、業界は異なるが経営者の同志としていろいろと仕事の悩みなどを互いに相談してきた。彼は私より十歳年下であるが、会社員であればすでに定年の年齢を過ぎて、それでもまだ第一線で働けることが互いに誇りであった。ただ経営状況が厳しいこともお互い様で、ついついボヤキなども出てしまうが、最後はいつも二人で励まし合ってきた。

「お互い、この仕事でがんばるしかないからな」

「うん、うん、そのとおり。まあ、元気でまだ働けることが幸せなのかなぁ」

こうして歳月を重ねて、気がつけば八十歳を過ぎていた。そして結婚五十年、金婚式も迎えた。長いようで短かったようにも感じる人生だが、この八十年をつづってみると、やはりいろいろなことがあったのだと思う。そして最後が、熊本大地震である。これ以上の災難は、もう私の人生では遠慮したい。血圧が少し高いから、もう心臓がドキドキするような体験はせずに、穏やかにこれからを過ごしたい。

八十歳を過ぎても、元気で明日を迎え、どんな出来事が起こるのかと好奇心をあふれさせて、まだまだ生きていたいと思う。

〈著者紹介〉
阿南 攻（あなん おさむ）
昭和12(1937) 年、台湾で生まれる。8歳のときに家族で引き揚げ。母の故郷の熊本県八代郡野津村（現・氷川町）などで貧しい生活を送りながら、昭和28(1953) 年、竜北中学校を卒業。中学時代に父を亡くし、家族を養うため就職。近江絹絲紡績株式会社（現・オーミケンシ株式会社)、川崎製鉄株式会社（現・JFEスチール株式会社）などに勤務。昭和46(1971) 年に熊本に戻り、主に営業職として化粧品、地図広告、百貨店の外商、百科事典などの販売を経験。その後、昭和57(1982) 年に建設会社を設立。しかし会社の資金を持ち逃げされるなどのトラブルに見舞われ、一時は日雇い労働者となったものの、再び這い上がって平成8(1996) 年に「株式会社太平瓦工業」を設立。熊本地震の際には復興に尽力。平成29(2017) 年、80歳を迎えて引退。

波乱万丈《はらんばんじょう》、どぎゃん苦《く》にも負《ま》けんばい

2020年9月18日　第1刷発行

著　者　　阿南 攻
発行人　　久保田貴幸

発行元　　株式会社 幻冬舎メディアコンサルティング
〒151-0051　東京都渋谷区千駄ヶ谷4-9-7
電話　03-5411-6440（編集）

発売元　　株式会社 幻冬舎
〒151-0051　東京都渋谷区千駄ヶ谷4-9-7
電話　03-5411-6222（営業）

印刷・製本　シナジーコミュニケーションズ株式会社

装　丁　　荒木香樹

検印廃止

Printed in Japan
ISBN 978-4-344-92794-0　C0095
幻冬舎メディアコンサルティングHP
http://www.gentosha-mc.com/